Ni'n Sgwennu Nawr

CW01455187

CFfI YFC CYMRU | WALES

GOLYGWYD GAN

BETHAN GWANAS AC ANNI LLŶN

Cyhoeddwyd yng Nghymru yn 2025 gan Sebra,
un o frandiau Atebol, Adeiladau'r Fagwyr,
Llanfihangel Genau'r Glyn, Aberystwyth, Ceredigion SY24 5AQ

Llun clawr gan Elin Mair Roberts
Dyluniwyd gan Sion Ilar

ISBN: 978-1-83539-023-8

Golygwyd gan Adran Olygyddol Cyngor Llyfrau Cymru

sebra.cymru

Dymuna'r cyhoeddwr gydnabod cefnogaeth ariannol
Cyngor Llyfrau Cymru a Chymru Greadigol

Argraffwyd ar bapur a ardystiwyd gan y
Cyngor Stiwardiaeth Coedwigoedd

Mae'r gyfrol yn cynnwys iaith gref a rhai
themâu aeddfed a all beri gofid.

Cynnwys

Cyflwyniad

Mae'n noson o hydref yng nghanol yr wythnos, ac mae goleuadau neuadd y pentref ynghyn. Mae'r maes parcio'n llawn cerbydau, a lleisiau ifanc i'w clywed y tu mewn. Mae'n wythnos cyn Eisteddfod y Ffermwyr Ifanc...

Mae rhai wrth y piano yn ymarfer darn y parti canu; eraill ar y llwyfan yn chwilio'n wyllt am gopïau sgript y sgets. (Roedden nhw'n siŵr iddyn nhw adael bwndel ohonyn nhw yma yn yr ymarfer diwethaf!) Ym mhen arall y neuadd, mae criw mwy ymarferol yn adeiladu'r set ar gyfer y gystadleuaeth 'Meimio i Gerddoriaeth', ac yn gyrru pawb o'u co' â sŵn morthwyl a dril! Oherwydd hyn, mae un neu ddau wedi ffoi i'r ystafell gefn, a rhwng holl ymarferion yr adrodd a'r ymgom, maen nhw wrthi'n gorffen rhyw bwt o gerdd, stori fer neu limrig ar gyfer adran y Gwaith Cartref. Yr unig beth sy'n tarfu arnyn nhw yw rhywun yn ffrwydro i mewn drwy'r drws gan holi: 'Oes rhywun wedi gweld sgript y sgets yn rhywle?!'

Dyma olygfa gyffredin mewn pentrefi ar hyd a lled Cymru bob hydref. A dyma hefyd olygfa sy'n dangos dim ond rhan fach o holl weithgarwch Clybiau'r Ffermwyr Ifanc. Na, nid 'pethau ffermio' yn unig sy'n mynd â bryd y bobl ifanc yma. O berfformio, llenydda ac areithio, i goginio, chwaraeon a theithio'r byd, mae yna brofiadau di-ri i'w hennill fel aelod o'r CFfI, a rhywbeth at ddant pawb – boed yn swil neu'n hyderus, yn ffermwyr neu beidio.

Os oes un gair i ddisgrifio'r mudiad unigryw hwn, yna 'cyfle' yw hwnnw: cyfle i roi cynnig ar bethau newydd, i ddysgu, ac i ennill (a cholli, weithiau!), a chyfle i wneud ffrindiau newydd, i ehangu meddyliau, ac i fod yn rhan o gymuned. A 'chyfle', o ran hynny, yw'r llyfr hwn: cyfle i ddangos i chi rai o ddoniau amrywiol aelodau'r mudiad, ac i glywed yr hyn sydd ganddyn nhw i'w ddweud am y byd. A heb os nac oni bai, mae gan y Ffermwyr Ifanc hen ddigon i siarad amdano – ar lafar ac ar bapur!

Fel y dywed Bethan ac Anni, dwy a fu mor hael â'u hamser wrth diwtora a dethol darnau ar gyfer y llyfr arbennig yma, creu 'cyfrol fywiog' oedd y nod, a dyna a gafwyd. Mae yma amrywiaeth o ddarnau, o'r dwys i'r digri, ond yn clymu'r cyfan ynghyd mae'r hyn sy'n nodweddu mudiad yr CFfI, sef asbri ieuenctid cefn gwlad.

Mwynhewch y darllen – a diolch i'r Ffermwyr Ifanc am gadw'r goleuadau ynghyn mewn pentrefi ledled Cymru!

Endaf Griffiths
Aelod Hŷn y Flwyddyn CFfI Cymru 2023–24

Rhagair

Syniad criw Mudiad Ffermwyr Ifanc Cymru yn Llanelwedd yw'r gyfrol hon, ac er mwyn sbarduno'r awen, cawsom wahoddiad i gynnal gweithdai ysgrifennu gydag aelodau'r mudiad. Fel cyn-aelodau, roedden ni'n dwy'n awyddus iawn, ac roedd yn gyfle gwych i ni gael teimlo fel ein bod ni'n ddigon ifanc i fod yn aelodau ein hunain eto! Y gobaith oedd ysbrydoli'r criw i greu casgliad o ddarnau i'w cyhoeddi mewn cyfrol fywiog: darnau amrywiol, dwys a digri am realiti byw yng nghefn gwlad, neu am unrhyw beth dan haul, a dweud y gwir; wedi'r cwbl, mae profiadau a dychymyg ffermwyr ifanc Cymru yn ddi-ben-draw.

A dyma ni, wedi gweithdai hwyliog yng nghanolfan Merched y Wawr, Aberystwyth a Chanolfan Ysgrifennu Tŷ Newydd, Llanystumdwy, ac oriau lawer o sbarduno, ysgrifennu, trafod, cynnig, gwrthod, egluro, e-bostio, canmol, gwylltio a mireinio, dyma'r canlyniad. Mae 'na ambell ddarn wedi dod o eisteddfodau'r mudiad, ond roedd hi'n braf iawn derbyn gwaith newydd oedd yn deillio'n uniongyrchol o'r gweithdai.

Camp i chi sylwi pa stori gafodd ei hysbrydoli gan beg dillad ac ym mha stori mae bathodyn pen macrell Gwanas yn ymddangos!

Cawsom ninnau hefyd ein hysbrydoli gan y ffermwyr ifanc.

Roedd hi wir yn fraint cael gweithio gyda nhw. Roedd ambell un yn ifanc a dim ond yn dechrau magu profiad, ond yn awyddus a ffres. Ambell un arall yn hyderus yn eu mwynhad o ysgrifennu ac yn fwrlwm o dalent a syniadau.

Dal ysbryd cefn gwlad yn ei holl amrywiaeth oedd bwriad y gyfrol – a chamu oddi wrth yr ystrydebau – drwy leisiau ifanc heddiw. Rydyn ni wir yn teimlo fod blas y pridd ar y gweithiau yma, ac os nad hynny... yn bendant mae blas mwy!

Bethan ac Anni
Golygyddion a mentoriaid

Jig-so

Mared Fflur Jones
Clwb Rhos-y-bol, Ynys Môn

Estynnodd am ei ffôn i dynnu llun yr olygfa o'i blaen. Siocled poeth yn stemio'n braf. Dyrnaid neu dri o falws melys ar ei ben a'r tamaid lleiaf o hufen (er mwyn astheteg yn fwy na blas). Ar blât wrth ymyl y mẁg roedd *lemon drizzle* ei mam, yr unig un y byddai Enlli'n ei mwynhau. Roedd hen flas lemon artiffisial, sherbertaidd ar y gweddill, yn ei thyb hi. Bu'n rhaid troi'r plât ambell waith er mwyn darganfod yr ongl lle'r edrychai'r gacen ar ei mwyaf deniadol. Yn absenoldeb tân agored gosodwyd y wledd o flaen cannwyll i sicrhau goleuo cynnes yn gefndir i'r llun. Cyn tynnu'r degfed llun o'r bedwaredd ongl, sylwodd fod gormod o fwlch rhwng y danteithion a'r bocs jig-so oedd wedi ei osod yn fwriadol annhaclus o'u blaen. Roedd rhaid defnyddio'r llun ar y bocs gan nad oedd y jig-so ar hyn o bryd yn ddim byd tebyg i sut y dylai edrych. Gwthiodd y bocs rhyw led adain gwybedyn i'r chwith, ac yna'n ôl i'r dde. Perffaith. Gwasgodd ei bawd yn gadarn ar y botwm gwyn ar ei sgrin – *voilà*.

Wrth eistedd yn ôl yn erbyn y soffa, drachtiodd Enlli'r siocled poeth yn fuddugoliaethus. Penderfynodd fwynhau'r bwyd cyn meddwl am y *caption* cywir ar gyfer uwchlwytho'r lluniau i Instagram. Wedi'r cyfan, beth yw pwrpas cael bwyd da a phrynhawn diog os na chewch chi frolio am y peth? Roedd hi wedi bod yn ysu am sbel lawog fel'ma ers amser. Esgus i swatio rhag y byd a gwneud dim. Er, roedd ganddi gant a mil o bethau y dylai fod yn eu gwneud. Penderfynodd anwybyddu e-byst ei darlithydd yn holi pa gynnydd oedd ar y PhD. Sut oedd dweud 'dim o gwbl a hyd yn oedd llai na hynny' mewn geiriau llai plaen? Nid am y tro cyntaf, pendronodd pam iddi ddewis ysgrifennu creadigol fel diddordeb yn hytrach na Ffiseg neu Fathamateg lle mae rhywbeth yn gywir neu'n anghywir. Ysai ei meddwl lliwgar am ychydig o ddu a gwyn weithiau i'w dawelu. Roedd ganddi freuddwyd unwaith o fod cystal un am ysgrifennu â'r person roddodd 'For Sale: Baby shoes, never worn' ar bapur. Teimlai fel bod pawb wedi dweud beth oedd ganddi i'w ddweud yn barod. Dywedodd y darlithydd wrthynt ar ddechrau'r cwrs 'fod angen iddynt ymbellhau o'r meddylfryd sydd gan bobl ifanc o ysgrifennu pethau dwys, digalon yn hytrach na dathlu eu hieuenctid' ac y dylen nhw 'gadw at yr hyn maent wedi ei brofi'. Ystyriodd pa brofiadau yr oedd hi fel aelod o'r garfan ugeiniau cynnar awydd eu dathlu gyntaf:

- pob cynnig am dŷn cael ei wrthod

- cariad o bum mlynedd yn ei gadael am rywun arall

- gweithio mewn swydd mae'n ei lled gasáu am fod y cyflog yn weddol

- colli sawl aelod o'r teulu o fewn misoedd i'w gilydd sydd wedi arwain ei mam i drafod ei hewyllys â hi bob yn eilddydd

- rhentu fflat bach, tywyll â thamprwydd yn gwmni iddi o ganlyniad i'r rhesymau uchod

Gallai godi'r felan arni hi ei hun weithiau wrth adael i'w meddwl grwydro gormod. Ceisiai wthio'r sgriptiau a'r clipiau fideo bychain hyn yn bell i gefn archifau ei meddwl. Nid oedd yn llwyddo bob tro. Dyna pam y penderfynodd ei bod yn amser jig-so. Teimlai'n fodlon ei byd yn chwalu a chwilio'r darnau a'u rhoi yn eu lle, a chysur o fedru rhoi trefn ar o leiaf un peth. Llyncodd y gegaid olaf o gacen a chodi darn bach o'r pos mawr i'w ddatrys. *Ddaw hi ddim fel hyn*, meddyliodd. Deuparth gwaith yw ei ddechrau, ac yn y blaen...

Estynnodd am ei ffôn unwaith eto, ar ôl hydoedd o chwilio am y darn i lenwi'r gornel olaf. Trodd ei sylw yn ôl at feddwl yn ddyrys am gapsiwn fyddai'n ymddangos yn ddigon ffwrdd-â-hi i'w ddefnyddio.

'Dydd Sad Diog'? Oedd hynny'n agor y drysau i rywun (ei ffrindiau) ei galw'n union hynny? *Sad*?

'Chill'? Na. Roedd ganddi rywbeth yn erbyn postio geiriau Saesneg. Wyddai hi ddim beth yr oedd hi'n ei gyflawni wrth ddilyn y rheol honno, ond dyna ni. Efallai y gallai ei uwchlwytho heb ysgrifen, a gadael i'w sgiliau â chamera siarad drostynt eu hunain? Pam lai? Rhannodd y llun gyda'i chenedl fechan o ddilynwyr a throi i edrych unwaith eto am yr hen ddarn bach cuddiedig. Cyn iddi gael cyfle i ymgolli'n y chwilio, gwelodd neges yn goleuo ar ei ffôn. *Group chat* merched coleg.

> **Anna:** @Enlli – OMB! Ma' raid 'mod i 'di methu fo

Crychodd Enlli ei haeliau mewn penbleth wrth deipio'r ateb.

> **Enlli:** Am be ti'n fwydro?

Anna: Pen-blwydd ti'n 80!!

Ni allai Enlli benderfynu oes oedd hi'n ddig wrth ei ffrind am fod yn smala neu'n falch fod Anna o bawb wedi gallu bod mor ffraeth. Daeth neges arall cyn iddi gael cyfle i ymateb.

Beth: Ty'd efo ni i'r Ffair Fwyd a Chrefftau yn dre yn lle pydru'n tŷ!

Agorodd ei llygaid fel soseri – oedden nhw o ddifri? Tro Enlli oedd hi i feirniadu rŵan.

Enlli: Dwi'n cael abiws am neud bach o feddwlgarwch a dech chi ar eich ffor' i ganol Merched y Wawr i siarad am bynting a jams a *chutneys*?

Anna: Ffair fwyd = *tasters*. A ma' 'na stondinau jin a gwin yna! Jin AM DDIM.

Damia. Gwyddai Anna na fedrai Enlli golli'r cyfle i gael pethau am ddim. Yn enwedig ei hoff ddiodydd! Ond roedd hi'n gynnes braf ac roedd meddwl am orfod gwisgo dillad go iawn yn lle'i phyjamas, ac yn waeth byth, gorfod rhoi bra ymlaen, yn ddigon iddi benderfynu aros lle'r oedd hi. Beth petai'r awen yn ei tharo ar ddiarwybod droed a hithau allan heb feiro na phapur?

Enlli: Na, well i fi beidio. Dwi'n ddigon bodlon fan hyn.

Anna: Anghywir. Tria eto...

Rowliodd ei llygaid a dwrdio ei hun am fod yn ddigon twp i feddwl mai trafodaeth oedd hon – roedd Anna'n amlwg wedi gwneud ei phenderfyniad. O wel, doedd ond un peth amdani, felly.

> **Enlli:** Faint o'r gloch?

> **Beth:** Newni dy gyfarfod di wrth neuadd y dre mewn hanner awr.

Hanner awr?! Gwibiodd drwy ddrws y lolfa gan fytheirio bob cam o'r ffordd at y llofft. Ond o leia câi hi jin neu ddau am ddim...

* * *

'Dyma hi o'r diwedd,' meddai Beth wrth weld Enlli'n brasgamu rownd y gornel.

'O, cau hi. Dim ond pedwar munud yn hwyr ydw i,' atebodd hithau. Byddai wedi bod ar amser pe bai hi ddim wedi gorfod tyrchu am ddillad isa glân. Dydd Sul oedd ei diwrnod golch fel rheol felly roedd y dewis yn un go denau erbyn heddiw.

'Ro'n i'n meddwl y base ti yma'n aros amdanon ni, wedi taranu hi lawr 'ma ar y *mobility scooter* a dy fag gweu yn cefn,' meddai Anna gan roi winc fach i Beth.

'Gad iddi,' meddai Beth gan dynnu'r ddwy'n agosach. 'Dewch, neu fydd na'm byd ar ôl!' Diolchodd Enlli'n dawel bach fod Beth yno, allai hi ddim delio â'r llall ar ei phen ei hun heddiw. Trodd y tair ohonynt ar eu sodlau ac i mewn drwy'r fynedfa a synnu'n syth pa mor brysur oedd hi. Roedd y lle'n llawn o bobl o bob lliw a llun a siâp. Mae'n rhaid mai'r tywydd ydi'r bai, meddyliodd Enlli. Pawb yn gweld eu cyfle i gael mymryn o gysgod a rhywbeth i'w wneud ar ddiwrnod digon diflas fel arall. Gwelai ddafnau glaw yn codi'n stêm chwyslyd o'u cotiau. Nid oedd yn siŵr pa un oedd yn codi'r cyfog mwyaf arni – arogl *chutney* tomato rhyw hen wreigan wrth y drws neu'r gwres llethol a hithau wedi ei lapio fel nionyn. Roedd y lle'n llawn stondinau amrywiol. Er efallai bod 'amrywiol' yn bod yn rhy garedig. Edrychai nifer o stondinau fel petai rhywun wedi prynu peiriant Cricut i'w mam yn bresant Dolig gan arwain iddi gredu y gallai greu bywoliaeth drwy sticio 'Cwtsh', 'Amser Paned' neu 'Mae popeth yn well mewn pyjamas' ar bob dim dan haul. Digon o stondinau marmalêd i gadw Paddington yn hapus am fisoedd. Gormodedd o fyrddau llawn cacennau sychion, drud. Ond daeth llygedyn o obaith pan welodd Anna'r stondinau gwirodydd a gwin yn y cefn. Bu'n rhaid bustachu drwy'r dorf i gyrraedd gwlad yr addewid. Gwnaeth y tair yn siŵr eu bod yn manteisio'n llawn ar bob llond caead o wirod am ddim o'r jin i'r focda i'r rym nad oedd neb wir yn ei hoffi. Penderfynwyd rhoi stop ar yr hwyl pan ddechreuodd Anna faglu dros awyr iach a'r dŵr poeth ferwi ym mrest Beth. Diolchodd Enlli'n dawel bach. Does ond hyn a hyn o weithiau fedrwch chi ddeud 'mm, blas mwy' neu 'ww, gwahanol,' wrth bobl. Hynny, a'r ffaith ei bod hithau wedi'i dal hi braidd bellach. Ystyriodd y ffaith nad oedd wedi cael fawr mwy na phaned a chacen drwy'r dydd.

'Oes 'na rywun awydd rhywbeth i'w fwyta?' gofynnodd.

Goleuodd llygaid y ddwy arall.

'Plis!' atebodd Beth ar eu rhan.

'Ond ddim yn fama. Dwn i'm os mai'r rym 'na o'dd o neu'r cotiau gwlyb 'ma'n bob man, ond ma'r lle 'ma'n drewi fel piso cath,' ychwanegodd Anna ychydig yn rhy uchel. Llusgodd Beth y ddwy arall at y drws cyn iddi farw o gywilydd. Doedd Anna ddim yn dryst, wir.

Rhaid eu bod wedi bod yn y ffair yn hirach na feddyliodd Enlli gan ei bod yn dechrau tywyllu. Er, doedd hi ddim wir wedi goleuo drwy'r dydd. Deuai'r unig oleuni clir o ffenestri'r siopau oedd yn cau a'r tafarndai oedd yn paratoi at y noson o'u blaenau. Llifai holl law'r diwrnod yn un nant i lawr y stryd a phawb oedd wedi mentro allan yn dawnsio i'w hosgoi. Penderfynodd y tair ohonynt fynd i mewn i'r deli dros y ffordd gan ei fod yn agos. Hynny a'r ffaith ei fod yn edrych yn neis. Edrychai unrhyw oleuni'n well mewn tywyllwch, wedi'r cyfan. Doedd Enlli ond newydd osod blaen bawd ei throed drwy adwy'r drws pan drodd Beth i edrych arni'n hurt.

'Ti isio mynd o'ma?' gofynnodd.

'Be? Pam?' atebodd Enlli. Doedd hi heb hyd yn oed gael cyfle i edrych beth oedd ar gael eto, ac roedd y llewod yn ei stumog wedi dechrau rhuo go iawn!

'Dewin Dwl a Llipryn Llwyd. Ma' nhw yma,' sibrydodd Beth drwy'i dannedd. Doedd hi ddim yn siŵr pam mai'r cymeriadau hynny a ddewiswyd yn lysenwau ar eu cyfer, pam ddim Strempan neu Ceridwen? Petai'n dod i hynny, pam dewis Gwlad y Rwla o gwbl? Pam ddim sbwylio rhyw gyfres arall yn lle honno? Taflodd Enlli edrychiad slei er mwyn cadarnhau yr hyn a glywodd. Ie, nhw oedden nhw. Bron yn syth, mae'r rholyn ffilm yn ei phen yn ailchwarae'r un olygfa. Mae hi'n ôl yn ei char, yn ddall gan ddagrau, a'r un geiriau Meinir Gwilym yn seinio yn ei chlustiau. 'Mond un peth fuodd gena i ffydd ynddo 'rioed, a dyma'r eironi, y peth hwnnw oedd dy gariad di.'

'Na, pam dylwn i? Dwi'm 'di gneud dim byd o'i le, naddo,

felly be 'di bwys i fi'u gweld nhw?' atebodd o'r diwedd gan stopio'r olygfa rhag chwarae yn ei phen.

'Wel, dydw i ddim isio mynd yn agos atyn nhw neu Duw a ŵyr be ddoith allan o 'ngheg i.'

Dechreuodd y ffilm unwaith eto wrth i Enlli gofio mor flin oedd Anna pan y daeth i wybod.

'Cerwch i lawr i fana i guddio am chydig,' meddai Beth a cherdded i'r cyfeiriad arall.

Aeth y ddwy fel cŵn ufudd i lawr y grisiau gan smalio bod ganddynt ddiddordeb neilltuol mewn bisgedi sinsir a siocledi o wahanol siapiau. Bu'n rhaid astudio'r cynnyrch yn fanwl er mwyn edrych yn ddigon prysur a phasio amser. Bu Anna'n syllu ar focs o siocledi siâp dafad am sbel. Rhaid ei bod yn meddwl eu prynu, meddyliodd Enlli. Ar ôl un golwg arall, mentrodd Anna ofyn y cwestiwn oedd yn ei phlagio.

'Ydi'r rhein yn edrych 'di llwydo i ti?'

'Paid â bod yn wirion. Y golau sy'n neud iddyn nhw edrych felly, ma' siŵr,' meddai Enlli heb feddwl ddwywaith.

'Ond dwi'n gweld fflyff!' protestiodd Anna. Bachodd Enlli'r siocledi o'i dwylo i'w hastudio – un dramatig fuodd Anna erioed! Ond, er mawr syndod, roedd gan ambell un o'r defaid smotiau bach o dyfiant a edrychai'n ddigon tebyg i wlân!

'Yyyyyy!' meddai Enlli wrth sylweddoli.

'Ddylwn i ddeud wrth rhywun ti'n meddwl? Alla i'm gadael ti'n fama chwaith, na –'na i guddio nhw'n ôl yn y cefn!' meddai Anna gan hawlio'r bocs unwaith eto. Byddai'r cynllun wedi bod yn un llwyddiannus petai'r ddwy heb gael pwl o chwerthin. Wrth i Anna fethu rheoli ei dwylo, trawodd y bocsys o breiddiau siocled i'r llawr. Roedd y ddwy wedi ei cholli hi'n llwyr.

'Fy nghuddio i wyt ti fod yn 'i neud, ddim tynnu sylw!'

meddai Enlli oedd ar ei chwrcwd yn clirio'r llanast. Roedd y ddwy wrthi'n corlannu'r bocsys pan ddaeth Beth rownd y gornel.

'Be ddiawl dech chi 'di neud?' meddai hithau wrth weld y llanast.

'Yden nhw 'di mynd?' holodd Anna. Roedd hi'n ysu i gael gadael y gornel ar ôl creu ffasiwn sioe.

'Do, fues i'n syllu dipyn arnyn nhw tan gafon nhw'r neges,' meddai Beth yn falch. Daeth hyn fel dipyn o syndod i'r ddwy arall – Beth oedd y callaf i fod!

'Dwn i'm amdanoch chi, ond dwi angen diod. Ewn ni i'r Black? Allwn ni gael bwyd yna 'fyd,' meddai Enlli.

'Gewn ni fynd i Spar ar y ffordd?' gofynnodd Beth.

'I be? Isio *chewing gum* 'cofn ti fachu?' heriodd Anna.

'Angen Rennies!'

* * *

Aeth y diodydd a'r Rennies i lawr fesul 1, 2, 3 i gyfeiliant Bryn Fôn. Smôcs, Espresso Martinis a fodca rhad heb sôn am y dybl jin a tonics. Gwawriodd effaith y *tequila* ar y tair wrth ystyried yr ateb i'r rownd ddiweddara o Kiss, Marry, Kill – Emma, Non neu Rachael. Gwnaed defnydd llawn o'r jiwcbocs yn y gornel ac ar ôl bloeddio pedwaredd gytgan 'Gorwedd Gyda'i Nerth', penderfynodd Enlli ei bod yn bryd noswylio neu orwedd heb nerth y byddai yn y bore. Roedd y ddwy arall wedi ei pherswadio yn ystod 'Strydoedd Aberstalwm' i'w caniatáu i aros. Gwerthwyd y syniad fel cadw cwmni iddi gan Beth, ond roedd Anna'n meddwl mwy am gost y tacsi gan ei bod ymhell hebio hanner nos. Rasiodd y tair law yn llaw i fyny'r strydoedd culion a nadreddai tuag at gyrion y dre, rhag i rywun eu dilyn.

Pan gyrhaeddon nhw adre, edrychent fel petaen nhw angen eu hongian tu chwith allan ar lein ddillad i sychu!

Gadawodd Enlli'r ddwy arall i ddarganfod hen glipiau *Noson Lawen* ar YouTube wrth i hithau wneud paned a thost i bawb. Ar ôl baglu dros y pentwr ailgylchu oedd angen ei sortio a llwyddo i ddarganfod swits y golau, llenwodd y tegell ac aeth ati i geisio cyflawni'r orchwyl nesaf. Agorodd y bin bara, ac er mawr siom iddi, roedd yn wag. Aeth i rannu'r newyddion drwg ar unwaith gyda'r gweddill a'u darganfod ar eu boliau yn studio'r jig-so oedd yn dal i orfeddian ers y bore. Roedd hi ar fin agor ei cheg pan waeddodd Beth fel hogan fach,

'Dwi 'di ffindio fo! Sbia!'

Gwenodd Enlli wrth weld yr hyn oedd yn ei llaw.

Y darn coll.

Luned a Dafi

Naomi Seren
Clwb Pontsiân, Ceredigion

Dihunodd Luned a'i boch yn sownd wrth batshyn llaith ar fraich soffa bob dydd y gegin – wedd mis o borthi gofidie tan orie mân y bore yn dechrau gadael ei ôl arni. Wedd hi'n jocôs reit ca'l pendwmpian o flaen yr Hamco wedi i'r plant droi am eu gwelyau. Er na ddywedai wrth yr un ohonyn nhw, wedd wynebu'r gwely dwbl ar ei phen ei hunan yn ormod ar hyn o bryd. Triodd olchi'r cynfasau sawl gwaith, ond byddai codi pyjamas ei gŵr a sento'i sent yn gwanychu, slow bach, yn arwain at orie o lefen tawel.

Wedd hi'n sobor o ddiolchgar i'w chymdogion am gynnig pownd wrth iddi geisio ca'l ei thra'd oddi tani. Buasai basned o gawl, stiw o ryw fath neu slaben o gêc wedi'i lapio mewn cwdyn Tesco yn disgwyl amdani yn y *porch* bob nos yn ddi-ffael. Ofnai anghofio shwt beth wedd cwcan pryd deche i'w theulu, gan mor hael wedd gwragedd yr ardal. Ond fel popeth, buasai'n rhaid ailgydio'n hwyr neu'n hwyrach.

Rhys, mab hyna Penlan, ddaeth ar y bore cynta hwnnw, a phob bore wedi hynny, whare teg iddo. Ond wedd ffarm fowr ym Mhenlan, a digon o waith gyda'i dad iddo getre. 'Cofia di roi showt os wes isie llaw, Luned fach,' wedd ei eiriau wrth i'r wers olaf am fecanics y parlwr ddod i fwcl. 'Dwi bownd o gofio, Rhys bach, diolch iti, a diolch am bob peth.' Byse, fyse hi'n fodlon ffono Penlan tase rhyw broblem fowr, ond wedd rhaid pitsho miwn a sefyll ar ei thra'd ei hunan am damed bach gynta – dyna fyse Dafi wedi'i neud tase hi wedi mynd i'r mart a dychwelyd mewn arch.

Ond ar ôl meddwl, doedd dim peryg o hynny, gan nad oedd Luned yn mentro ymhellach na'r tanc i nôl lla'th i'r tŷ, heb sôn am fynd i'r mart. Fuodd hi'n godro gyda Dafi yn nyddiau cynnar eu caru; wedd hi'n enjoio codi gyda'r wawr a gwisgo'i hoferols cyn dychwelyd i'r tŷ am *fry-up* gyda'i fam. Ond fe bylodd yr hwyl yn hynny, a gobeth Dafi hefyd o fachu gwraig ffarm. Daeth Luned yn gyfarwydd â chlochdar larwm ei gŵr a'r sws foreol ar ei thalcen. Ac yn ddiweddarach â sŵn tra'd bach ar y landin, a'r bregeth: 'Cewch chi helpu Dad i odro dros y penwthnos, dewch nawr cyn bo'r gwely'n oeri.' Ac i mewn â'r ddau ati am fagad nes bod curiad calon y parlwr godro yn eu suo i gysgu.

Ond dim heddi...

Cododd Luned o'r soffa, llyncu pennad o ddŵr a gwisgo'i hoferols newydd. Sicrhaodd bod ganddi fenig i'w gwisgo – wedd hi wedi rhoi'r gore i ddysgu er mwyn cynnal y ffarm, ond wedd hi ddim yn fodlon ildio'i dwylo gleiw am rofie geirwon chwaith. Cydiodd mewn hen lyfyr sgwennu â'i glawr yn grwstyn o ddom. Wedd hi'n ffyddiog na fyddai'n rhaid ei ddefnyddio, ond wedd hi'n saffach cadw cynghorion Rhys ym mhoced ei chot, rhag ofon. Byse'n rhaid gwylltu i'r tŷ erbyn saith er mwyn dihuno'r plant ar gyfer mynd i'r ysgol. Ond fe lwyddodd o'r diwrnod cynta, a neidiodd y ddau ar y bws gan adael eu mam ar y clos â bwcedaid o gêc i'r lloi ym mhob llaw.

Daeth Luned i'r tŷ erbyn un, tannodd welyau'r plant a thwtio peth annibendod, ond cyn cael cyfle i fyta sangwej i gino wedd swn chwyrnu'r hen fws yn ôl wrth y bwlch. Daeth y plant oddi arno'n hanesion ac yn wenau i gyd. 'Dewch nawr, gwisgwch eich dillad bob dydd – allwch chi helpu Mami i fwydo'r lloi.' Bwytasant dafell o fara menyn jam cyn dilyn eu mam i'r parlwr yn eu hoferols coch a glas. Wedd Gwilym, whare teg, yn lot o help. Bwydai'r lloi ar ei ben ei hunan cyn defnyddio'r beipen Sam Tân i olchi'r parlwr yn lân. Tshaso'r gath fu hanes Marged am awr, cyn sillafu'i henw ym mlawd llif y *cubicles* – ond diolchodd Luned iddi beth bynnag.

Wedd y stoc yn eu gwelyau, wedi'u bwydo a'u godro, a Luned wedi concro ei diwrnod cyntaf fel gwraig ffarm. Cododd sosban o gaserol i'r ford er mwyn dathlu, gan gwestiynu – shwt wedd Dafi'n dod i ben â hyn bob dydd?

'Mami...?' holodd Marged.

'Ie, bach, be sy?'

'Pam fo' pedwar plât ar y ford?'

* * *

Fel rheol byse Radio Cymru'n toddi'n un â'i breuddwydion ar y soffa, ond heno fe droiodd y radio i'r Saesneg a hithe'n ishte'n y gegin mor effro â gwdihŵ. Aeth ati i dynnu ambell garden o gydymdeimlad oddi ar y seld. Wedd rhaid wynebu bob dydd ar y tro, a hyd yn hyn, wedd hi'n dod i ben â hi'n lled dda. Tase pethe'n mynd yn drech, wedd digon o arian yng nghoffrau'r ffarm i gyflogi rhyw was Pwylaidd. Chwarddodd wrth ddychmygu'r cleber ar sgwâr y pentre, 'Luned Hafod Ddu yn rhannu tŷ â rhyw was cyn bod Dafi, druan, wedi oeri'n ei fedd.' Ond trodd ei chwerthin yn sterics nes bod sŵn trado ar y stâr.

'Wyt ti'n iawn Mami?'

'Wdw, Gwil bach. Dwi fel y boi – becso am y cynhaea, 'na i gyd.'

'Paid becso dim, Mam fach, ma' sbel tan y cynhaea 'chan, a fydda i 'da ti eniwei.'

'Diolch iti, bachan. Cer i gysgu nawr, iti ga'l helpu yn y bore.'

'Dere am gwtsh Mami, gysgi di'n well...' Wedd y crwt saith oed yn iawn – byse cwtsh yn ffordd o rannu'r gofid am nosweth beth bynnag.

'Ocê, 'de. Ond paid gweud wrth Marged, neu fydd hi off 'ma.'

Cysgodd Luned fel pren â'i mab yn gysur wrth ei hochr. Wedi'r cwbl, wedd lot o ddŵr i fynd dan y bont cyn y cynhaea.

*   *   *

'Prwy, prwy, prwy fach...'

Dilynodd Luned darth cynnes y da i'r glowty. Croesawai rew caled wedi gaea slabog – wedd isie rhwbeth i sychu'r tir a lladd y jyrms. Gwasgodd drwy wres a thuchan y da ac aeth ati i dano'r parlwr er mwyn rhyddhau'u cadeiriau llaethog o'u llwyth. Suddodd ei chalon. Wedd y cwbl ar stop. Gwasgodd y botwm unwaith 'to, ond wedd yr injan yn farwaidd o fud. Drato, wedd y peips wedi rhewi – cofiai am natur Dafi a'i iaith fowr wrth alw am ddŵr berw yn y *porch* adeg tywy' rhew. Brefai'r da'n ddiamynedd gan ryddhau'u natur mewn cwmwle o stêm, a disgwyliai Luned sterics tebyg wrth fachan y tancer ymhen rhyw ddwy awr. Aeth i'r tŷ i fofyn sychwr gwallt, a daliodd y sychwr yn erbyn pob piben yn ei thro gan obeitho am wres i ddadleth y rhew. Arllwysodd ddŵr berw dros y cwlows, a jiawch, daeth curiad yn ôl i galon y parlwr. Gwylltodd â'r godro cyn dihuno'r plantos a threulio gweddill y dydd yn carto dŵr i'r da, gan fod y cafne wedi rhewi'n gorn.

* * *

Wrth deithio ar fws ysgol, daw plantos cewn gwlad yn gyfarwydd â sent pob ffarm. Mae ambell ffarm fel pìn mewn papur, a'r clos yn sheino heb flewyn o wair o'i le. Pâr eraill i'r plant ddala'u trwyne ac i'r gyrwyr anadlu drwy'u cegau haf a gaea gan ba mor gryf yw sent y slyri neu, yn waeth na hynny, sent seilej sur. Addawodd Luned na fyddai Hafod Ddu, 'waeth pa mor anodd wedd pethe arni, yn mynd i ddrewi o seilej sur. Ond wedi gaea go wlyb, wedd y pit slyri yn llawn hyd y top, a chronnai'r biswel yn llonydd yn yr iard grynhoi. Pan ddeuai sbelen o dywy' sych, mentrai Luned i'r tractor â'i dwylo'n furum o chwys i sgwaru llwyth o ddom. Ond erbyn y bore wedyn, wedd y slyri'n ôl yn yr un man ac yn gwaedu i'r clos, slow bach. Deffrôi o'i chwsg yn feunyddiol wrth ddychmygu'r slyri'n llifo'n slei o'r pit i'r clos, yn codi'n uwch ac yn uwch nes bod y stecs yn twtsh â drws y ffrynt ac yn bwldagi i'r porch trw'r *letter box*. A phob nos buasai'n rhaid codi o'r soffa er mwyn pipo bod y *porch* yn leiw lân, cyn sychu'r llawr yn glou â mop, rhag ofon. Ond a hithe heb damed o glem ynglŷn ag achub y sefyllfa, aeth y pit slyri i'r rhestr o bethe i'w gwneud.

Wedi i'w chyfnod mamolaeth ddod i ben gyda Marged, wedd Luned wedi cwtogi ei horiau dysgu gan adael bwlch o ddiwrnod ar gyfer cynnal tŷ cymen a helpu Dafi â'r gwaith papur cynyddol. Wedd gwaith caib a rhaw Hafod Ddu yn estron iddi, ond diolchodd iddi feistroli'r ochr weinyddol ar bethe flynyddoedd ynghynt. Y gamp bellach oedd gwasgu'r gwaith papur rhwng y ffarmo, y plant a chwsg. Ond ym mherfeddion y nos, fel rheol – pan fyddai pob awr yn teimlo fel deg – y deuai golau i'r tamed swyddfa wrth ymyl y gegin.

Wedd trefen perffaith i'w system ffeilio yn y cabinet llwyd yng nghornel y swyddfa, oni bai am ddrôr Dafi – wedd hwnnw'n ddirgelwch. Wedd hi'n jôc fowr gyda'r plant mai yn y drôr wedd losin Dadi. Bwytâi Crunchie bach slei o fla'n yr Hamco yn nhra'd ei sane bob nos cyn gwasgu'r pacyn i gesail y soffa fel pader. Arferai'r nyth o bapurau euraid godi natur ar Luned ond, wrth edrych ar y drôr heno, byse hi'n falch o gael rheswm dros bregethu.

Gwyddai Luned mai ofer oedd chwilio am ewyllys creadur di-drefn fel Dafi, yn enwedig am nad oedd ca'l ei ladd yn y mart yn rhan o'i gynllun, hyd y gwyddai hi. Am y rhesymau hynny a'r diffyg amser, ni ymdrechodd i dwrio dim yn eiddo'i gŵr. Ond heno wedd want Crunchie arni, Crunchie i gofio am Dafi'n pendwmpian yn nhra'd ei sane.

'Mestynnodd am yr allwedd fechan a oedd wedi'i chladdu yn nhrwch dwst silff ucha'r seld ac agor y ddrôr fwyaf stiff yn y cabinet. Yno, ymhlith mân doriadau'r *Farmers Weekly*, amlenni'r weinidogaeth ac ambell Crunchie, wedd ei ddyddiaduron. Darllenodd rai pytiau o'r sgrifen bigog a theimlo ôl dwylo gwaith ei gŵr.

Yn ei sgribyls wedd enwau'r perci a'u herwau ym mhob tywydd, boreau o aeaf a'r clos fel stania, a chnydau'n sbwylo wedi hafau gwlyb. Wedd lloi yn sgwrio, da yn cloffi a phris y lla'th yn cwmpo o dro i dro. Wedd Dafi'n ffaelu hefyd ambell waith, yn ffaelu pwmpo'r slyri'n ddigon clou, na chadw'r cynrhon brwnt o dinau'r ŵyn. Wedd e'n ffaelu dofi stranc pob buwch pan ddeuai'r fet, na chadw pob anifail ar dir byw. Ac o weld y rhifau ffôn ar ddarnau o garden Cornflakes, wedd e'n ffaelu dod i ben â'r cwbl ar ei ben ei hunan bob tro.

Bwytaodd Luned y Crunchie gan adael i'r crwybr melys doddi ar ei thafod. Gwnaeth gofnod o'i jobsys ar gyfer y bore cyn noswylo i'r gwely dwbl, a'r dyddiadur yn ei llaw.

Portalŵ Steddfod

Llywela Edwards
Clwb Uwchaled, Clwyd

Un peth 'den ni i gyd yn gytûn arno fel Cymry,
un peth sy'n ein clymu fel cenedl,
na wnawn fyth anghofio tra byddwn fyw
ydi pi mewn portalŵ yn Steddfod.

Ges i'r profiad arteithiol yma'n ddiweddar.
O'n i newydd orffen fy mheint-rhy-ddrud o lager ym mar
Syched,
a dyma fi'n teimlo'r awch sydyn i fynd i wagio'r bledren.
Felly ffwrdd â fi, pen lawr, a B-line am y toiledau.

O grêt. Ciw.
Dyma fi'n joinio,
ma' hynny yn ei hun yn brofiad digon annifyr,
pawb yn sefyll mewn rhes, ddim rili'n siarad, yn aros yn eiddgar.

(Distawrwydd lletchwith.)

'Hai, ti'n iawn?... Ia... ta-ra...'

Crinj. Dwi'm hyd yn oed yn cofio'i henw hi.

O'r diwedd, fi sydd nesa.

Anadl fawr, a fewn â fi...

Ych, am ddrewdod, mae'n hymian yma!

Ond dyne fo, be dwi'n ddisgwyl mewn cachdy.

Dwi'm efo'r *gag reflex* gorau, so dwi'n dechre teimlo'r saliva yn fy ngheg yn casglu.

(Cyfogi.)

O, Mam bach, sortia dy hun allan, wir Dduw!

Dwi'n llwyddo i stopio cyfogi, a composio'n hun i fynd mlaen i'r cam nesa.

Dwi mewn rŵan, dwi 'di comitio.

So, trowsus i lawr yn ara deg, ddim holl ffordd, yn amlwg, achos ma'ne wlybni digon amheus ar y llawr.

A dyma'r her fawr –

hofran.

Ma' Mam wastad yn deud:

'Paid byth ag eistedd ar sêt *public toilet* achos sgent ti'm syniad faint o *germs* sydd arni hi!'

Ond wir yr, dwi jyst methu hofran.

Dwi'n llwyddo am ryw ddwy neu dair eiliad, ond wedyn ma'r coesau jyst yn rhoi o'dana i,

a dwi'n gorfod derbyn fy ffawd…

… ac eistedd.

Dwi 'di siomi fy hun, mewn gwirionedd.

Ti 'di gadel dy hun lawr, hogan. Be fyse Mam yn ddeud?

Ta waeth,

dwi'n gorffen pi.

A dwi'n edrych i nôl y papur toilet...

Does 'ne ddim papur toilet.

Be ddiawl 'na i rŵan?

'Cofia gario hances fyny dy lawes bob man ti'n mynd!'

Biti 'swn i 'di gwrando ar Nain.

Dim byd amdani, ond *drip dry*.

Ma'r dechneg yn reit unigryw, ac ma' angen blynyddoedd o brofiad i'w meistroli.

Codi fyny ryw fymryn, wedyn ysgwyd dy ben ôl am 4 eiliad union.

Dwi'n codi'n nics a'n nhrowsus,

yn gwingo am eiliad ar y tamprwydd cychwynnol.

Ond o leia bo' fi off y pan erbyn hyn.

I goroni'r profiad yma, does dim math o sebon golchi dwylo.

Dyna ni. Ma'n swyddogol. Dwi'n hen hwch.

Ond dwi'n agor y drws,

ac allan â fi efo 'mhen yn uchel,

ac ymddwyn fatha bod dim byd o'i le,

fatha bo' fi ddim newydd fod yn paffio am fy mywyd i beidio chwdu,

heb orfod ysgwyd gweddillion fy mhi-pi o fy *down below*...

a heb gerdded allan o un o'r llefydd butra ar y blaned heb unrhyw fath o hylendid personol!

Reit. Peint.

(Mae hi'n troi ac yn cerdded i ffwrdd, gan adael i'r gynulleidfa weld bod ei sgert wedi ei dal yn ei nics, ac mae hanner ei phen ôl i'w weld.)

Adenydd

Alaw Fflur Jones
Clwb Felinfach, Ceredigion

'Be sy'n bod 'da ti, jyst cydia yn y diawl!' rhegodd eto, cyn hyrddio heibio a llamu'n ysglyfaethus am yr iâr.

Triodd hi ei gorau i ddianc. Plediodd a phlediodd â phob clwc, cyn gorfod ildio'n gryndod dan ei grafangau.

'Nawr, dal y blincin *thing* yn llonydd 'nei di!'

Gorfododd Eifion ei afael arni, wrth i'w dad dorri ar ei rhyddid fesul pluen. Wedi iddo glipio'i hail adain, fflingiodd hi o'i freichiau, a gadawodd hi i sgrialu yn ôl i'r llawr. Fflapiodd a fflapiodd ei hadenydd bach fel dwy fraich yn boddi mewn pwll, a'r hen ŵr yn cael modd i fyw o'i gweld hi'n straffaglu, cyn iddi yn y diwedd orfod suddo yn ôl i'w nyth, fel bob blwyddyn arall, i drial gori.

I ble fydde hi'n mentro 'se hi'n ca'l? meddyliodd Eifion. *I'r arfordir, neu i'r ddinas, falle?* I Gaerdydd, neu i Lundain fyddai Eifion yn dewis. Dychmygodd shwt fyddai i godi i glochdar sŵn tacsis tu fas, i flasu'r holl fwrlwm yn yr aer, ac i weld yr holl gaeau o bobl yn troedio'r strydoedd, a rhai efallai o'r un brid ac yntau. Tybiodd y byddai'r cwrs darlledu wedi bod yn dda yno hefyd. Efallai, petai heb golli cymaint o wersi 'nôl pan roedd e yn yr ysgol, yn gweithio i'w dad, y byddai wedi gallu gwneud hi i'r brifysgol. Byddai ei fam wedi gwirioni. Hi oedd yr un oedd yn arfer mynd ag e rownd holl neuaddau'r wlad i eisteddfota ar brynhawniau Sadwrn, yn tynnu ystumiau o'i sedd, rhag ofn iddo anghofio'i eiriau. Er, anaml iawn y byddai wedi gorfod cael ei gocsio. Roedd y geiriau yn arfer llifo ohono mor rhwydd â'i anadl o'r llwyfan, a'i lygaid yn goleuo fel sêr wrth dderbyn pob cwpan.

Ond unwaith gafodd hi'r sgan ugain mlynedd yn ôl, newidiodd popeth. Disgwyl oedd hi, meddai hi, wrth iddi deimlo'r un bach yn tyfu ynddi. Roedd ei dad fel plentyn ar Ddydd Nadolig, boiti marw eisiau gwybod beth roedd e wedi'i hau ynddi. Mab roedd e wedi gobeithio. Un fyddai'n edrych ymlaen at godi gyda'r wawr i ddwyno'i welingtons, ac oedd wrth ei fodd â phêl rygbi yn ei law. Ond dim ond galar ddaeth wedyn am yr hedyn na gafodd fyth ei blannu. Byddai wedi gallu setlo am ferch fach hefyd, am unrhyw beth ond tiwmor. Roedd y boreau 'run mor gyfoglyd â'i dyddiau yn cario Eifion i ddechrau, cyn iddynt waethygu. Doedd triniaeth ddim yn opsiwn iddi. Bob nos wedyn, roedd Eifion yn gorfod ei chlywed hi'n gwichian fel mochyn mewn lladd-dy wrth iddi dagu mewn i fasn o'i gwely, a hithau wastad wedi rhochian chwerthin. Tri mis a chwe diwrnod fuodd hi. Ac ar ôl hynny, trodd dyddiau ysgol Eifion yn wersi o garthu, a throdd ei eisteddfodau ar Sadyrnau'n bantomeim ar gaeau rygbi.

* * *

Gwasgodd ei dad ei droed ar y brêc, a thynnu mewn o flaen y siop.

'By' rhaid ti gerdded gitre, achos ma' 'ise i fi ddala Farmers Co-op 'fyd cyn iddo fe gau!'

Nodiodd Eifion, cyn cymryd yr arian mân fel cardotyn o'i ddwylo, a jwmpo mas o ddrws y pic-yp. Dechreuodd y cwlwm yn ei stumog ddatod wrth i refs yr enjin bellhau, cyn tynhau yn sydyn eto wrth sylwi ar y ferch oedd yn pwsio pram i'w gyfeiriad. Roedd hi'n rhy hwyr iddo ddechrau astudio'r palmant fel y byddai fel arfer yn smalio gwneud, roedd ei llygaid hi yn barod fel dartiau arno.

'Eifion!' meddai hi, a'i thôn yn chwerw fel adflas gwin yn ei wddf.

'Alys... ti... ti 'nôl,' pesychodd, wrth drial ei glirio.

'Dim ond am y wicend. Ni'n gobeitho mynd 'nôl i Abertawe dydd Llun.'

'O! A... Abertawe?' cwestiynodd fel petai'n gwybod dim, ac yntau wedi gweld ei hanes hi fel hanes pawb arall, yn blastar dros Facebook wrth iddo sgrolio yn ei wely.

'Ie. Gadewon ni Fryste. Dadi wedi ca'l jobyn newydd, nagyw e?' eglurodd wrth godi'i chyw o'r pram, a'i choflaid hi'n ei atgoffa o lais crwt ar fin torri.

Hi oedd ei gariad cyntaf, ei unig gariad. Bu rhaid iddo'i holi hi mas ar ôl i'w dad ddechrau bostio i bawb yn y dafarn ei fod e wedi'i ddala fe'n cleimio mewn i'w Peugeot bach coch hi un noson. A thrwy lwc, gyda phob perfformiad, fe gwympodd hi amdano, fel unrhyw ferch arall â phâr o lygaid. Ond bob tro fyddai'n gorfod gafael ynddi, byddai'n meddwl am y llall, am ei hefell, am yr un oedd e ffaelu cael.

'C... car newydd?' mwmialodd Eifion wrth ei gwylio hi'n agor drws ei char.

'Ie, wel, ma' *rhai* o'n ni'n ffaelu rhannu am byth, ti'n gweld. A ta beth, do'dd yr un pram yn gallu ffito yng nghefen y Peugeot. Ond ma' Tomos yn dal i'w ddreifio fe o bryd i'w gilydd,' atebodd, cyn rhoi'r un bach yn sownd yn y sedd gefn.

'O! Shwt... shwt ma' fe?'

'Gwd!' atebodd wrth drial tawelu'i mab â dymi.

Cochodd, 'G... gwd. A... a shwt ma' dy chwaer?'

'Hapus! Ma' hi newydd brynu fflat yn Greenwich,' eglurodd Alys. 'Olréit, Macsen!' gwaeddodd hi wedyn dros ei drydar, cyn troi'n ôl at Eifion ac awgrymu bod yn well iddi fynd. Nodiodd Eifion, cyn cerdded i mewn i'r siop i brynu swper.

Gyda thun o bîns yn un llaw a thun o Spam yn y llall, dechreuodd Eifion gerdded adref, a'r trydaru yn dal i chwarae fel tiwn gron yn ei glust. 'Dy fab di dyle hwnna 'di bod! Dyw'r blincin ffarm 'ma ddim yn mynd i gynnal ei hunan!' fyddai ei dad yn diawlio. Ond cnoi ei dafod fyddai Eifion wastad yn ei wneud, er cymaint roedd e eisiau ei herio. Dechreuodd gerdded yn gyflymach, ac yn gyflymach, cyn dechrau rhedeg...

Bu'n rhedeg yn aml ar ôl colli'i fam, ac yn amlach fyth ers i bethau orffen gydag Alys. Byddai'n rhedeg a rhedeg hyd nes y byddai'n ffaelu, hyd nes y byddai ei ochrau yn gwegian a'i liniau'n llefain. Roedd yr euogrwydd yn dal i'w fwyta am ei defnyddio hi fel y gwnaeth. Ond doedd ganddo ddim opsiwn arall, dyna oedd yr unig ffordd o warchod yr unig bleser oedd ganddo yn ei fywyd. Rhedodd yn gynt ac yn gynt, ei galon yn powndio gyda'i draed. Llenwodd yr atgof o'u cusan gyntaf fel ton yn ei ben, wrth iddo agosáu at stad Bryntirion. Er cymaint roedd y ddau'n gwybod na ddylen nhw, ei fod e'n rong, aeth hi'n amhosib iddynt reoli eu hysfa. Y ddau wedyn yn awchu am ei gilydd, bob awr o'r dydd, cyn gorfod sleifio'n dawel tu ôl i ddrws y sgubor gyda'r nos. Teimlodd gerrynt o hiraeth yn gwenwyno drwyddo'n syth wrth orfod pasio'r stad ar ei chwith. Rhedodd yn galetach fyth i drial niwlo'r galar. Ei goesau'n dechrau llosgi.

Brigau yn clecian dan ei draed. Cymylau yn llenwi ei lygaid. Rhedodd nerth ei draed... dros bob un ceubwll... ar hyd yr un hen stretsien, tan iddo gyrraedd diwedd y lôn hir. Ei waed yn pwmpio'n ddyrnau yn ei glustiau, a dail y dderwen fawr yn hedfan yn y gwynt uwch ei ben. Sychodd ôl y ddwy falwoden lawr ei fochau, cyn mynd i dwymo'r bîns iddo fe a'i Dad i swper.

* * *

Nodiodd ei dad wrth weld Keith yn dechrau estyn am y botel wisgi.

'A dere â pheint wedyn iddo fe,' ategodd wrth bwyntio yn ôl at Eifion a oedd yn llusgo'i draed y tu ôl iddo. Ei ben yn ei blu wrth iddo gerdded heibio'r pla o grysau rygbi, tan iddyn nhw gyrraedd eu seddi arferol yng nghornel pellaf y bar.

'Enillon nhw heddi, 27-12,' eglurodd Keith dros eu twrw, a'r cenau bach yn tagu ar eu peints. Y maffia'n rhuo 'Lawr y lôn goch, lawr y lôn goch...' yn atgoffa Eifion o'i ddyddiau yntau yn boddi yn ei berfedd ar y palmant tu fas er mwyn trial ffitio mewn. Cafodd wyth mlynedd hir o grasfa yn chwarae i'r ail dîm, cyn i'w dad fynnu lle iddo ar yr un tîm ag y buodd yntau'n gapten arno unwaith. Ond ffaelodd Eifion hyd yn oed chwarae'i gêm gyntaf ar ôl torri ei ysgwydd un bore wrth odro. Er, roedd ei dad, fel gweddill y pentref, yn gwybod yn iawn nad oedd ffrâm yr un *rotary* yn gallu cwympo o'i le fel'na. O'r bois i gyd o gwmpas y bwrdd hir, Dewi Tyddyn Du oedd yr unig un roedd e'n hanner ei nabod. Fe oedd yr unig un oedd yno, oedd tua'r un oedran ag Eifion, ac roedd yn dal i chwarae i'r tîm. Roedd y gweddill, tybiodd yntau, naill ai gartref gyda'u gwragedd, heb ddod 'nôl ers mynd i'r coleg, neu bant yn trafaelu yn rhywle rownd y byd. Tra oedd yntau fel ei dad, erioed wedi mynd ymhellach na Llanelwedd, a hynny ond am ddiwrnod bach i'r Sioe bob blwyddyn.

Derbyniodd Eifion ei beint o lagyr fel yr arfer, a dechrau ei yfed. Troi ei drwyn wnaeth e gyntaf, pan archebodd ei dad lagyr siandi iddo yn nhe angladd ei fam, a'i law yn rhy fach i ddal y peint bron. Doedd e erioed wedi hoffi'i flas, ddim hyd yn oed gyda chwarter potel o lemonêd ar ei ben. Ond wrth i'r nos Sadwrn gyntaf honno droi'n ddefod reolaidd, dysgodd yn ddigon cloi mai ei lyncu a chadw'n dawel oedd gallaf.

'O'dd y blydi moch 'di bod yn fisi yn tynnu llunie tu fas y neuadd bore 'ma 'to!' meddai Alwyn, a'i gefn cyn grwned â chrwban ar y bar.

'Bastards! Gest ti 'ddala?' holodd Dai wedyn.

'Naddo! Lwcus, pasiodd Mark *Trees* fi cyn 'ny yn fflasio gered, bydde fe 'di bod yn yffarn o lun drud heblaw 'ny!'

'O'n nhw tu fas y ffatri wedyn prynhawn 'ma glei!' ategodd Keith wrth fesur wisgi arall.

'O'n nhw siŵr o fod 'di talu am sawl sein fach newydd heddi 'to ynta!' meddai ei dad wrth gydio yn y wisgi, ac Eifion yn dal i sipian ei beint.

'Talu i ga'l blydi tri deg a mwy o aelode seneddol newydd ti'n meddwl! Ma' nhw ise codi'r nifer o *sixty* i *ninety-six!* 'Na pwy fydd yn pocedu'r arian, fi'n gweud 'tho ti!' bytheiriodd Alwyn. 'Ma'n blydi stwpid. Sdim sens yn y peth, *twenty miles per hour!* O'dd *thirty* yn ddigon slow trw' pentre'!'

'Glywsoch chi be ddigwyddodd yn dre echddoe, 'de?' holodd Dai. 'Na'th ryw hen fenyw, Saesnes o'dd hi glei, mewn Fiat Panda, bron â bwrw Delyth Cae Mawr lawr! O'dd hi'n pipo gyment ar y dash, a'th hi strêt trw'r gole coch.'

'Ie, ond ar ben 'ny Dai, ma'r blincin gwlithod 'na o'dd yn neud *twenty* mewn *thirty*, nawr yn neud blydi *ten miles per hour* ar yr hewl! A ma' bob diawl ifanc yn trial ofyrteco'n ddanjerys rownd y bends! 'Na beth o'dd y *close shave* 'na ar gornel Pantrodyn w'thnos d'wetha' glei!' eglurodd Alwyn.

'Ma'n blydi siambls...' ategodd Dai wrth i lond bws o helmedau melyn a sashys gwyn dynnu mewn tu fas. Caeodd pob un ohonyn nhw eu cegau wrth eu hastudio nhw'n cyrraedd yn storm o adeiladwyr taranllyd i mewn trwy'r drws, a'r Steel Toe Caps fel bwcedi trwm am eu traed. Blasodd Eifion ôl yr oriau o Pink Gin a tonic yn chwys arnynt wrth iddynt ymgynnull yn un parti plu wrth y bar. Archebu trên o Sambucas wnaeth y morwynion, pan ddechreuodd y clwb gwawr ar eu sylwebaeth...

'Ma' siŵr o fod gwraig i ga'l iti f'yna, Eifion!' winciodd Alwyn.

Ond cyn iddo gael cyfle i hyd yn oed codi ei ben, llenwodd ei dad ei geg, 'Gormod o ddewis sy 'da fe'n barod! 'Na'i broblem e!'

Llyncodd Eifion ei frôl gyda chegaid fawr o'i beint, cyn troi i bigo fel dryw wrth gornel y mat cwrw tamp o'i flaen. Wedyn, dechreuodd Dai barablu, 'Sôn am 'ny, weles i Alys Bryntirion prynhawn 'ma, ei thad hi ddim yn dda, *heart attack* glei!'

'Wedi ca'l *heart attack* ar ôl clywed fod ei fab e'n priodi dyn arall, siŵr o fod!' chwarddodd Alwyn.

Aeth y pigo dryw yn rhwygiadau brân...

'Ca' dy geg, yw e?'

'Odi! Wedi dyweddïo 'da ryw foi o Fanceinion, 'na be glywes i yn y mart ddoe.'

Rhwygodd y mat yn fanach... ac yn fanach...

'Blydi hel! Byddet ti byth 'di gweud, o'dd y boi yn chwarae rygbi 'chan! Fi'n cofio fe biti marw 'ise dechre ffarmo 'fyd, ond bod dim ffarm i ga'l 'da fe! Buodd e hyd yn o'd yn helpu chi am gyfnod, naddo fe? Pan o't ti Eifion yn caru 'da Alys?' holodd Dai, wrth edrych draw at Eifion a'i dad.

Ei wythiennau'n dechrau caledu'n dar...

'Fel'na ma' nhw tyl, yn mynd bant i'r dinasoedd 'ma a'n dechre swingo ffor' arall. Neud sens nawr, pam roddest ti'r sac iddo fe fel 'nest ti, John!' chwarddodd Alwyn eto.

'Be ti'n meddwl?' cnoiodd ei dad.

Ei gledrau'n dynn... dynn...

'Wel, achos o'dd y blincin pwff 'di trial ei lwc 'da ti, ife!' cellweiriodd Alwyn, cyn i bawb ffrwydro'n dân o chwerthin, ond â'r sedd bellaf bellach yn wag wrth eu hymyl, gydag ond ôl ei fat cwrw'n gonffeti ar hyd y bar.

Gwrido wnaeth y tad yng ngwres y fflamau, cyn llowcio'i ddwbl wisgi i lawr mewn un.

*   *   *

Cydiodd Eifion yn y bwced a cherdded at y cwt ieir, gan sylwi'n syth arni'n sefyll yn estron ar dop y ffens. 'Gloi! Cer i hôl y ffycin clipers,' byddai ei dad wedi pregethu wrth ei gweld hi'n trial jengyd.

Roedd bron i ddeuddeg mis wedi mynd heibio ers iddo ddod o hyd i'w dad ar lawr y sgubor. Ei wyneb yn gam, ac ewyn yn nadreddu o'i geg. Roedd Eifion yn dal i deimlo'i waed yn staen ar ei ddwylo. Ôl-effaith y blynyddoedd o oryfed ddywedodd y doctor, dyna achosodd ei strôc. Ond roedd Eifion yn gwybod taw'r siom ynddo yntau a'i wenwynodd.

Be sy'n dy ddala di'n ôl? meddyliodd, wrth ei gwylio hi'n dal i oedi ar dop y ffens. *Tithe 'fyd heb lwyddo i ori? Wedi mynd yn rhy hen i fynd ar ôl yr un freuddwyd? Neu flwyddyn yn rhy hwyr… dy gariad ynte 'fyd, wedi mynd a phriodi ceiliog arall?*

Cydiodd yn y rhaw gan barhau â'r sgript hwnnw, a oedd wastad wedi'i dynghedu iddo, cyn troi yn ôl a gweld ei bod hi wedi mynd. Llenwodd dagrau yn ei lygaid wrth iddo'i gwylio hi'n pellhau o'i nyth, ac yntau'n dal i ffaelu hedfan.

Penbleth

Elain Iorwerth
Clwb Prysor ac Eden, Meirionnydd

Llanw

'Sut wyt ti?' Cwestiwn digon syml. Ateb anodd. Ryw gwestiwn ma' pawb yn ei redeg drosto rhywsut. Yr ateb arferol, wrth gwrs, o gwmpas fama fysa: 'Duw, iawn 'sti, chdi?' Y ffordd hawdd o'i ateb o, mae'n siŵr. Ddim yn gorfod deud un ffordd neu'r llall. Wrth gwrs, mae'n syml i'w ateb nes mae o'n cael ei ofyn yr ail neu'r trydydd gwaith, bob tro efo mwy o bwyslais ar y 'ti'. Wedyn, os ydach chi fel fi, mi ddechreuwch chi flasu diferion bach hallt yn taro'ch tafod. Mi wneith bob dim sy'n bod, popeth bach, dim bwys faint o effaith mae o'n 'i gael arnach chi, i gyd lifo mewn i'r un darn bach 'na yn eich pen sy'n cael ei orlifo gan bwysau, neu 'stress' fel ma' pawb yn 'i ddeud dyddiau yma.

'O 'ngenath i, ti'n *stressed*?' neu 'Paid â phoeni, mond chydig yn *stressed* wyt ti'.

Bob tro fyddai rhywun yn deud hynna – 'mond stress ydi o' – fydda i'n teimlo fel rhoi peltan go lew iddyn nhw. Alla i mo'i ddiodda fo pan fydd bobl yn awgrymu mai peth bach ydi 'stress', achos, go iawn, mae popeth bach yn y pen draw yn troi'n un peth mawr, 'di o'm bwys faint drïwch chi ei reoli fo. Mor fawr na allwch chi gofio lle ddechreuodd y broblem yn y lle cynta.

Mor fawr eich bod chi'n teimlo fod y byd ar ben. Ac yn y pen draw, pan fyddwch chi allan o'r twll o ryw fath, dach chi *back to square one* – y pethau bach 'ma i gyd yn ail-lenwi'ch meddwl chi eto, a chitha'n meddwl y tro yma, dwi 'di dysgu delio efo 'stress' rŵan, un peth ar y tro. Ffordd eich ymennydd chi o'ch twyllo chi ydi hynna achos, yn anffodus, ddim fel'na mae o'n gweithio.

Anadlu. Dyna 'di'r ateb yn ôl y sôn. Achos os ydach chi'n anadlu, ma'r problemau 'ma i gyd yn mynd i gael eu chwythu allan o'ch system chi mewn pum eiliad, dydyn. Dyna'r ateb perffaith i'r broblem – anadlu. Tasa chi mewn stafell mor fach mae'r waliau'n cau amdanoch chi, efo llwythi a llwythi o focsys wedi'u labelu efo'r holl bethau sydd isio'u gwagio, fysach chi'n anadlu a'r bocsys yn sydyn reit yn hollol wag, yn bysen? A hyd yn oed tasa hynny drwy ryw wyrth yn digwydd, mi fysa'r bocsys gwag yn dal i eistedd yna, yn aros i chi daflu rhywbeth newydd i mewn iddyn nhw wedi i chi redeg allan o le i'w cadw nhw. Mi allwch chi blygu'r bocsys cardbord a'u taflu nhw i'r ailgylchu, am wn i, ond tydi dynion y bins yn ddiawledig o llipa 'di mynd? Ac yndw, dwi'n dal i siarad am 'stress'. Coeliwch fi, p'un ai symboliaeth neu ddim ydi'r dynion bins i fod, ma' nhw'n cyfrannu'n eithaf helaeth i lefelau stres dyddiau yma! Dwi'n cofio deud wrth ryw athrawes gwpwl o flynyddoedd yn ôl, pan o'n i tua phymtheg oed, 'mod i'n teimlo'n 'stressed'. Chwerthin wnaeth hi, wrth reswm, a deud fod plant fy oed i ddim wedi profi bywyd eto ac nad ydan ni'n gwbod be ydi stres go iawn. Ond wedyn, mae 'na wyddonwyr ym mhob man yn deud fod pobl ifanc neu 'teenagers' ymysg y bobl fwyaf 'stressed'. Dwi'm yn gweld y balans rywsut, dach chi?

Dwi'n dallt ei fod o'n rhywbeth sy'n dueddol o fynd a dod, fel rhyw lanw a thrai. Ond ydach chi'n teimlo fod yna gyfnodau weithia lle ma'r llanw'n bod braidd yn rhy styfnig? Rhywbeth fel – yndi mae o wedi rhyw ddechra mynd allan, ond ma'r glaw yn golygu ei fod o'n dal i orwedd dros fwy o'r tywod na fysach chi'n licio. 'Run fath â'r môr yn Aberystwyth yn twenti twenti wnaeth benderfynu fod o awydd fflio mewn i bob adeilad ar y pier a malu bob diawl o bob dim. Oes, mae 'na gyfnodau gwaeth na'i gilydd, dwi'n gwbod hynny'n well na neb, ond ma'r cyfnodau gwaeth 'ma'n mynnu'ch tynnu chi lawr ar yr adegau mwyaf anghyfleus, a'r adegau mwyaf annisgwyl. Dim ond ryw bythefnos yn ôl o'n i'n deud wrth fy ffrind i 'mod i'n y lle hapusaf dwi 'di bod ers talwm, bod bob dim yn dda. Mae'r pethau 'na i gyd dal gen i, ond mwyaf sydyn dwi isio crio bob dau funud, a'r peth gwaethaf amdano fo i gyd ydi dwi'n methu deud pam.

'Be sy 'di dod â hyn ymlaen rŵan, pam wyt ti fel'ma?' Wel, yn anffodus, sgen i'm blydi syniad. Dyna sy'n ei neud o'n anodd. Yr osgoi siarad efo pobl am y peth achos nad ydach chi'n mynd i allu ateb.

Be fysa'n digwydd tasa 'na rywun, ryw ddiwrnod yn gofyn, 'Sut wyt ti?' a dim ond ar ôl iddyn nhw ofyn unwaith, mi fyswn i'n ateb efo,

'Dach chi'n gwbod be? Dwi braidd yn *stressed*, deud y gwir.' Dydi pobl ddim yn gwbod sut i ymateb wedyn. Wel, pobl arferol, beth bynnag.

Ges i un ddynas, tra o'n i'n gwylio gêm rygbi, a finna ddim isio bod yno mwy na chic yn 'y nhin, yn gofyn sut o'n i. Y tro cyntaf iddi ofyn, o'n i'n iawn, achos ma'n normal i fod yn iawn, dydi? Ond yr ail waith, nodio 'nes i, ond teimlo 'ngheg yn troi am i lawr. Ges i andros o gwtsh, a cynigiodd hi banad i fi. Fydda i'm yn licio derbyn panad gan neb oni bai 'mod i wirioneddol angen un. Felly mi ges i 'meltdown' os liciwch chi, panad, a

Milky Way. Cysur, oedd. Ond pan dach chi 'di colli'r awydd am gymaint o fwyd, dydi siocled ond yn gwneud i chi deimlo'n fwy sâl. Ond dwi'n ddigon call i wbod 'mod i ei angen o, ddim bwys pa mor hectic ydi 'mywyd i.

Dwn i'm be oedd hwn i fod. Rhyw fath o chwdfa o deimladau, ma'n siŵr. Haws na thrio deud bob dim wrth rywun. Dyna 'di'r drwg. Dydi darn o bapur ddim yn gorfod eich dallt chi, mae pobl wastad yn gneud ryw ymdrech ryfedd i ymddangos fel bod bwys ganddyn nhw. Rheiny yr un peth â stres 'fyd – mynd a dod. Fysa bywyd ddim yn fywyd heb stres gan bawb ar ryw bwynt, ma'n debyg. Ond mi fysa'n braf tasan ni ddim yn gorfod ei ddiodda fo mor aml. Mi fysa hi'n braf tasa'r llanw'n penderfynu aros allan am fymryn hirach.

Llefrith, gosips a'r Bryn T

Dwi'n edmygu rhai pobl. Dwi'n edmygu eu gallu nhw i roi dŵr poeth ar dî-bag, a rhoi llefrith (nid llaeth) ar ben hwnnw. Eu gallu nhw i yfed hanner panad, a dympio ei hanner arall o wrth y sinc i droi'n fŷg o lwydni am ddyddiau. Mae pobl ifanc yn gymhleth i fi dyddia yma. Pa mor anodd ydi hi wir i olchi dy fŷg? Dydi o'm yn brifo dy lygid di wrth edrych ar y degau o gwpanau afiach hanner gwag (neu hanner llawn os dach chi'n bobl felly) yn eistedd, ddim yn y sinc, ond wrth ochr y sinc mewn rhes flêr? Dydw i'm yn edrych ymlaen at weld sut siâp fydd ar dai rhai o'r bobl yma pan fydd ganddyn nhw fwy na nhw eu hunain i edrych ar eu holau nhw! Er, dwn i'm os ga i wahoddiad i'w cartrefi nhw os mai fel'ma dwi'n cwyno amdanyn nhw chwaith! Ond cym on! Un o weithredoedd syml bywyd unrhyw un ydi golchi blincin mỳg panad. Ond na, dwi'n eitha sicr erbyn hyn fod plant y Chweched Dosbarth wedi cael eu hyfforddi i fod yn ddiog, ac er 'mod i'n un ohonyn nhw, mae o'n dal i chwalu 'mhen i sut mae rhai pobl wedi cael eu magu!

Dwi'n meddwl mai'r peth mwyaf afiach i fi 'i weld yn stafell y Chweched, ar wahân i'r paneidiau cant oed, wrth gwrs, ydi'r llefrith wedi ei dollti (Duw a ŵyr sut) dros silff y *mini fridge* i gyd. Yn waeth na hynny, gadael i'r llefrith eistedd yna am fisoedd nes ei fod o'n lwmp caled mawr gwyn dros waelod y *fridge*. Dwi'n deud wrthach chi, mae'n gywilydd bod yn berson ifanc dyddia yma!

Ond wedyn, ella mai fi sy'n snob. Deud y gwir, fysach chi bron yn gallu deud 'mod i'n hen gant mewn corff *teenager*. Tasa chi'n cerddad i mewn i stafell y Chweched 'na ar ddiwrnod da neu ddrwg, fysach chi'n taeru i chi gerdded mewn i noson Merched y Wawr, myn dian i! Hotspot gosipio ydi cyfarfodydd Merched y Wawr. Deud y gwir, dydw i rioed wedi bod yn hollol siŵr be maen nhw'n neud ar wahân i siarad yn y nosweithiau 'ma. Ond wedyn, allwch chi daeru fod y Chweched Dosbarth yn union yr un fath. A'r gosip mwyaf, yn naturiol, ydi'r straeon o bartïon y Chweched. Pwy gopiodd off efo pwy, pwy roddodd swadan i bwy yn ei gwrw, pwy oedd yn ista'n y gongol drwy'r nos un ai'n KO neu efo gwynab tin, pwy oedd yn taflu i fyny yn y toilets, a'r mwyaf ohonyn nhw i gyd – be oedd y *breaking point* i'r Chweched gael ban o'r dafarn yna am byth bythoedd, amen? Rhowch ryw bum mlynedd iddi a bydd yna griw Chweched newydd yn ôl yno'n achosi helynt wedi i'r dafarn wneud y camgymeriad o faddau iddyn nhw!

Y noson sy'n aros yn y cof, wrth gwrs, ydi'r noson yn Bryn T. Ryw noson ryfedd, a deud y lleia, oherwydd wnaeth 'na neb fanijo cael *serve* wrth y bar, felly sesh ar J2O fuodd hi. Mae 'na dueddiad i bawb feddwl nad ydi pobl ifanc yn gallu cael hwyl heb gwrw, ac mae hyn yn dal i fy nrysu i. Noson oedd hon yn Bryn T fel unrhyw noson arall, heb y cwrw. Ond digwyddodd pob dim yn union yr un fath, bron – pawb yn copïo off, rhai'n cael swadan, rhai'n ista'n gongl efo gwynab tin a phawb wrthi drwy'r nos yn ffraeo dros y bwrdd pŵl a darts.

Ond dim cwrw.

Mae o'n gneud i chi feddwl, dydi.

Y Tylwyth Teg

Welis i un o'r tylwyth teg neithiwr! Oedd o'n *massive*!

Mi rydw i wedi colli chwech dant cyn hyn, ond neithiwr oedd y tro cyntaf i mi weld y tylwyth teg go iawn. Dim ond ei weld o o gornel fy llygad 'nes i hefyd. Do'n i ddim isio iddo fo fy ngweld i'n sbio neu mi fysa wedi fflio i ffwrdd. A'r hyn 'nes i ei weld, wel, oedd o chydig bach yn sgeri, achos, oedd o'n *massive*! Dwi wastad wedi disgwyl ryw greadur bach, bach yn fflio o gwmpas fy stafell i, ddim DYN mawr. 'Nes i ddim rhoi fy nant o dan y glustog chwaith, dim ond ar ochr y gwely, a da 'mod i wedi gwneud hynny neu fysa 'i law o'n rhy fawr i ffitio dan 'y nghlustog i, beth bynnag! O'n i'n meddwl mai dyna holl bwynt i'r tylwyth teg fod yn fach – er mwyn gallu stwffio'n dawel dan y glustog i nôl y dant. Ond fysa 'na no wê fysa hwn wedi gallu gneud hynna! Oedd o'n *massive*!

Do'n i ddim wedi dallt ei fod o am fod yr un maint â Siôn Corn. Dwi'n gwbod fod hwnnw yn berson go iawn, ond pan o'n i'n fach, roeddwn i ofn hwnnw hefyd. Dwi ddim ei ofn o dim mwy achos dwi'n cael presantau, a dwi wir yn meddwl mai trwy'r drws ffrynt mae o'n dod a ddim i lawr y simdde, achos mi fysa 'na andros o lanast, yn base? Felly, ma' hynny wedi gneud i fi deimlo'n well amdano fo. Ond dwi yn ei weld o'n rhyfedd sut ydan ni fod i adael llefrith a mins pei allan i Siôn Corn, a dydi'r tylwyth teg yn cael dim byd ond dannedd. A phwy sy isio hel dannedd, eniwe? Fyswn i ddim yn licio, 'de! A pham bod y tylwyth teg eu hangen nhw? Ma' Siôn Corn angen bwyd, achos chwarae teg, mae o'n mynd rownd y byd i gyd mewn un noson. Ond siawns bod y tylwyth teg ddim yn byta dannedd, na'dyn?

Dach chi'n gwbod be, y mwya dwi'n meddwl am y peth, y mwya rhyfedd mae'r tylwyth teg yn mynd i swnio. Deud y gwir, dwi'm yn rhy cîn ar y syniad erbyn hyn. 'Na i holi Mam am y busnas dwyn dannedd 'ma, achos dydi o ddim yn swnio'n normal i fi, 'de. Fydd Mam yn gwbod. A dwi isio gwbod hefyd pam fod Mam a Dad wastad wedi deud wrtha i mai bobl bach ydi'r tylwyth teg, pan ma' nhw acshyli'n massive. Ma' raid bod nhw erioed wedi gweld un fatha fi.

Felly, os ydi'r tylwyth teg mor fawr â'r un welis i, ydi hynna'n golygu y galla i fod yn un pan fydda i'n hen? Dwi 'di holi Siôn Corn flwyddyn dwytha os byswn i'n cael mynd i weithio iddo fo, ond ges i'm ateb. Fysa rhaid i fi tsiecio gynta os ydi'r adenydd yn gorfod dod efo chi, neu ydyn nhw'n dod efo'r job. Achos, os ydw i i fod yn gallu fflio'n barod, dydi o'm yn mynd i weithio, na'di.

Rhyfedd fod 'na neb di sôn am hyn o'r blaen. Ma' fy ffrindia eraill i i gyd ym Mlwyddyn Dau isio bod yn ddoctor neu'n athro neu blismon neu rwbath boring. Ond fysa bod yn y tylwyth teg yn lot mwy cŵl na hynna, 'de.

Dwi'n meddwl 'nai adael llythyr i'r tylwyth teg tro nesaf fydda i'n colli fy nant. Siawns os bydd ganddyn nhw wyth dant o dan fy enw i, fydda i'n ddigon da i neud y job fy hun! Ond dwi'n rhy fach ar y funud, ma' siŵr. Fydd raid i fi aros nes dwi'n massive fel Mam a Dad.

Yr Edafedd Coch

Rhodri Jones
Clwb Godre'r Eifl, Eryri

Rhedai'r edafedd coch ar hyd y bwrdd gwyn fel gwaed o gorff marw. Roedd y gyllell waedlyd, anafiadau angeuol a wynebau'r rhai a ddrwgdybwyd, yn cael eu cysylltu'n dwt gyda lleoliadau'r dref ac amseroedd nodweddiadol yr achos ar y map meddwl morbid hwn.

'Mae'r dystiolaeth wedi ein harwain at y ddau unigolyn yma, mae'n rhaid mai un ohonyn nhw ydi'r llofrudd,' ebychodd Ditectif Edgar Jones. Gwyddai'n iawn bod pwysau gan y cyhoedd, y wasg a'r Uwch-arolygydd i ddatrys y dirgelwch hwn mor gyflym â phosib, rhag ofn i'r llofrudd daro eto.

Nid oedd ganddo atebion.

Roedd y Ditectif wedi bod yn y swyddfa fechan, dywyll ers oriau bellach, ac yn dechrau colli'i limpyn. Cododd o'r gadair fetel oeraidd i gerdded 'nôl a mlaen, 'nôl a mlaen, o un wal ddu i'r llall, gan obeithio y byddai edrych ar y cliwiau o onglau gwahanol yn rhoi agoriad llygad iddo. Arthiodd ar ei bartner dibrofiad i fynd drwy'r ffeithiau unwaith yn rhagor.

'Y dioddefwr yw Patrick Morrison, 31 mlwydd oed, wedi byw yn stad Cae Capel ar gyrion y dref ers ei eni,' cychwynnodd PC Williams yn betrusgar. 'Darganfuwyd ei gorff ar fainc ger yr allor yn yr Eglwys Gadeiriol am ddeg o'r gloch, nos Sul 19

Mai, gyda'i wddf wedi'i hollti. Daeth yr alwad i mewn gan Mrs Brenda Morgan a oedd yn cerdded ei Bichon Frise, Lili Wen Fach, pan sylwodd bod y golau ymlaen yng nghegin yr eglwys ac aeth i mewn i'w ddiffodd – hi yw'r ofalwraig. Wedi iddi gyrraedd, bu iddi gamgymryd y dioddefwr am Gristion ffyddlon yn siarad gydag O am ei bechodau. Roedd hi wedi cael sioc fawr o weld y corff ac wedi ypsetio'n lân wrth weld sanau o waed coch ar bawennau claerwyn Lili Wen Fach...'

'Ia ia, dim bwys am y ci, dwi'n siŵr fod ei bawennau o wedi bod mewn lle gwaeth!' meddai Ditectif Jones ar ei draws.

'Aeth Mrs Morgan at Mr Morrison i weld os oedd o'n iawn gan fod gweddïwr yr adeg honno o'r nos yn beth anarferol iawn. Nid oedd hi wedi gweld unrhyw beth anghyfarwydd nac unrhyw unigolyn arall wrth fynd â'i chwmwl candi fflos am dro. Cadarnhaodd ei bod yn cerdded o gwmpas y dre ym mherfeddion y nos yn aml iawn gan nad ydi hi'n gallu cysgu ar ôl profedigaeth ddiweddar anghysylltiedig.' Nodiodd Jones ei gytundeb wrth ystyried mwy o'r dystiolaeth.

'Yn adeilad hynafol, nid oes CCTV ar yr eglwys ei hun, wrth gwrs. Er hyn, mae fideo CCTV o dafarn gyfagos yn dangos Mr Morrison yn cerdded ar simsan droed am ugain munud wedi deg ac yn troi tuag at fynedfa'r eglwys. Nid yw'r ongl yn dangos y drws ei hun. Yn anffodus, ni ellir gweld chwaith os oedd golau ymlaen. Ymddengys o'i gerddediad ei fod dan ddylanwad alcohol, rhywbeth sydd wedi ei gadarnhau yng nghanlyniadau profion pellach. Yna, am chwarter i un ar ddeg gellir gweld Mrs Morgan yn cerdded yn frysiog gyda'i chi i gyfeiriad yr eglwys. Does neb arall i'w weld yn mynd i gyfeiriad y fynedfa wedi i'r Parchedig adael am wyth o'r gloch y noson honno. Nid oes CCTV ar fynedfa ochr yr eglwys ond roedd y drws hwn wedi ei gloi o'r tu mewn. Gosodwyd drws modern yma yn dilyn difrod storm rai blynyddoedd yn ôl. Felly byddai'n rhaid i unrhyw un sydd wedi ei gloi adael drwy'r brif fynedfa,' cadarnhaodd PC Jones a'i feddwl yn troi.

'Mae'n rhyfedd yn tydi, mae gwyddonwyr yn gallu tynnu lluniau clir a manwl o blanedau filiynau o filltiroedd i ffwrdd, ond tydi cwmnïau CCTV methu gweithio allan sut i ddarparu llun sy'n ddigon da i wahaniaethu pobl ac ysbrydion,' meddai Williams.

Roedd yr ystafell yn gwbl fud oni bai am sŵn trydanol y golau stribed llachar uwch eu pennau. Oedodd y ddau am eiliad gan gymryd amser i edrych ar y llun o Brenda Morgan ar y bwrdd gwyn. Dim ond ei phen a'i hysgwyddau oedd i'w gweld yn y llun a gwên fawr groesawgar yn uno ei bochau cochion. Llygaid glas pefriog yn llawn bywyd, a'i gwallt llwydwyn yn gorffwys yn osgeiddig ar ei hysgwyddau. Tociwyd y proffil hwn o lun ehangach yn dangos ei theulu o'i chwmpas i ddathlu ei phen-blwydd yn 75 oed yn gynharach eleni.

A oedd y ddynes hon yn ddigon cryf i rwygo gwên newydd ar wddf dyn ifanc?

Gwyddai'r Ditectif bod posibilrwydd mai Mrs Morgan oedd y llofrudd – roedd ganddi ddigon o amser i gyflawni'r weithred cyn ffonio'r heddlu. Nid oedd yn edrych fel ei bod wedi symud y corff mewn unrhyw ffordd ac roedd golau'r gegin wedi ei ddiffodd. Felly, os oedd Morrison yn gweddïo ar y pryd, hawdd fyddai gorfodi'r 'amen'. Byddai adroddiad y patholegydd yn cadarnhau amser y farwolaeth, gan ddiweddu'r ddamcaniaethu gyda lwc!

'Mae llawer o drigolion y dref wedi nodi bod Mrs Morgan yn weithgar iawn o amgylch y dref, o hyd yn trefnu rhyw ddigwyddiad neu'n mynychu noson goffi,' meddai Williams, a'i ben yn ei lyfr nodiadau.

'Hy! Pobl yn bod yn poléit, siŵr. Geiriau clên am gymydog busneslyd gyda'i bys ym mhwdin pawb ydi hynny, coelia di fi!' chwarddodd Jones yn sinigaidd.

'Mae hynny'n ddigon posib hefyd, wrth gwrs. Roedd sawl person yn nodi bod Mrs Morgan i'w gweld yn yr eglwys yn aml iawn – hyd yn oed i ofalwraig. Aeth rhai mor bell ag awgrymu ei bod yn siŵr o aros ger y blwch cyffesu pan oedd y Parchedig yn lleddfu gofidion y pechaduriaid. Tybed oedd hi wedi clywed rhywbeth i sbarduno'r weithred eithafol? Neu efallai mai mwynhau treulio amser gyda'r Parchedig Tomos Owen mae hi?' meddai Williams, yn falch o gynnig syniadau i'r ymchwiliad.

Trodd Ditectif Jones i ffwrdd o'r bwrdd gwyn gan hanner eistedd, hanner disgyn yn anobeithiol i'r gadair fetel a osodwyd wrth unig fwrdd yr ystafell. Gosododd ei beneliniau ar wyneb caled y bwrdd, a chwpanu ei wyneb yng nghledrau ei ddwylo. Dihangodd ochenaid o grombil ei enaid a chafodd ail wynt.

Cododd ei olygon i edrych ar lun y Parchedig o'i flaen. Yn wahanol iawn i Mrs Morgan, roedd wyneb y Parchedig Tomos Owen yn sur. Roedd ei wên gul a'i drwyn pigog yn gwneud iddo edrych fel ei fod yn arogli oglau drwg. Roedd o wedi dechrau britho a'i groen gwelw yn awgrymu bod y gŵr hwn yn treulio'r mwyafrif o'i amser yn cuddio rhag yr haul. Nid oedd i'w weld yn bwyta rhyw lawer chwaith gan fod ei gorff main yn edrych fel bag yn llawn polion tent.

'Parchedig Tomos Owen, ein hail unigolyn o bwys,' meddai Jones yn flinedig. 'Mae'n ddiddorol nad ydi nifer o drigolion yn ardal, yn ôl y cyfweliadau, yn hoff ohono yn tydi...' ychwanegodd. 'Mae hynny yn bendant yn ei roi yng nghanol yr ymchwiliad. Mae mynychwyr selog yr Eglwys wedi gwneud sylwadau am ei wasanaethau Sul yn rheolaidd ers iddo symud i Esgobaeth y dref fis Mawrth y llynedd. Maen nhw'n dweud bod mynychwyr hŷn yr eglwys yn anhapus ei fod yn defnyddio cod QR ar raglenni'r gwasanaethau ac yn mynnu defnyddio offerynnau modern yn hytrach na'r organ draddodiadol. Yn ôl y sôn, tydi o ddim yn codi ei ben o'i iPad wrth eu hysbysu mai dyma ei ffordd ef o symud yr eglwys yn ei blaen i'r byd technolegol ac y dylai'r mynychwyr ystyried dilyn arweiniad yr Esgobaeth.'

Tybed a oedd Patrick Morrison wedi rhoi llond ceg i'r Parchedig am y traddodiadau newydd hyn yn ystod ei oriau olaf, ystyriodd.

Cododd Jones o'r gadair a cherdded yn benderfynol at y bwrdd gwyn lle roedd amserlen y Parchedig ar gyfer diwrnod y llofruddiaeth yn hongian ar bin ac edafedd coch. Gallai weld fod y Parchedig wedi cynnal nifer o wasanaethau yn ystod y dydd, ac roedd yn gwneud synnwyr bod y CCTV yn ei ddangos yn gadael yr eglwys am 20:00 y noson honno.

'Mae'r Parchedig yn byw ar ei ben ei hun, felly nid oes modd i ni gadarnhau ei fod yn dweud y gwir pan nododd ei fod wedi mynd adref yn syth am wyth o'r gloch a gwylio'r teledu. Fodd bynnag, mae cyfrif Twitter yr eglwys, @Esgobannwyldad, wedi bod yn brysur iawn hyd at hanner awr wedi deg gyda phigion o ddigwyddiadau'r dydd a thrydaru dyfyniadau ysbrydol. O ystyried amlder y diweddariadau ar y cyfryngau cymdeithasol, a'r ffaith nad oedd y Parchedig yn ymddangos yn cario unrhyw beth wrth adael yr eglwys y noson honno, mae'n annhebygol bod rhain wedi cael eu gyrru o'r eglwys. Dwi'n edrych ymlaen i weld beth fydd gan yr adran gyfrifiadurol i'w ddweud am hynny, wedi iddyn nhw orffen archwilio'r iPad,' datganodd Jones.

'Ond mae o'n fwy sinistr na hynny yn tydi, Syr,' meddai Williams. 'Edrychwch ar y cyhoeddiadau Twitter yma dros yr wythnos ddiwethaf:

@Esgobannwyldad: Credwch chi fi, mae'n anghredadwy be glywch chi mewn blwch cyffesu y dyddiau hyn! Wyddoch chi ddim pwy sydd o'ch cwmpas! Peidiwch â phoeni #maeOyngwylio!

@Esgobannwyldad: Wedi sylwi bod mwy o fynychwyr ifanc yn ddiweddar. Ai dyma ddiwedd i ddirgelwch y poteli gwin cymun gwag... #maeOyngwybodygwir!

@Esgobannwyldad: Mae llyfrau emynau yn dyddio – ymunwch â ni yn y byd technolegol er mwyn derbyn emynau a gwybodaeth gwasanaethau dros e-bost a gwneud yn siŵr ei fod O yn eich clywed! Dilynwch y ddolen hon i danysgrifio! #e-mynionffydd!'

Chwarddodd y ddau oherwydd hyder amlwg y Parchedig, ond roedd rhaid ystyried bod ei weithredoedd ar-lein wedi achosi cryn ddrwgdeimlad yn yr ardal.

'Synnwn i ddim os yw'r diffyg parch at fynychwyr yr eglwys yn mynd â ni'n agosach at ddatrys yr achos hwn,' meddai Jones, gan ddychwelyd at ei gadair. 'Yn 31 mlwydd oed, mae'n debygol iawn bod Mr Morrison yn dilyn yr eglwys ar y cyfryngau cymdeithasol, a sgwn i oedd o wedi cael digon ar gyhoeddiadau cas y Parchedig? Tybed oedd y Parch wedi dod yn ôl yn hwyrach y noson honno gan osgoi'r CCTV, a bod y dioddefwr wedi rhoi llond ceg iddo? Os aeth hi'n ddadl danbaid, efallai fod y Parchedig wedi colli ei limpyn a dod â hi i ben. #AmBythBythoedd, meddyliodd Jones yn uchel.

'Mae hynny wrth gwrs yn bosib, ond does dim prawf fod y

Parchedig wedi dychwelyd,' atebodd Williams, yn nerfus o fynd yn groes i feddylfryd ei fos.

'Tyrd rŵan, mae'r cliwiau i gyd o'n blaenau ni. Mae'n rhaid ein bod ni'n methu rhywbeth!' rhuodd Jones yn rhwystredig. Cododd o'i gadair eto ac ailymuno â Williams oedd bellach yn sefyll o flaen llun y dioddefwr – Patrick Morrison. Cafodd y llun hwn ei dynnu yn y Marwdy lle roedd ei groen gwyn wedi dechrau troi'n las, gyda'i wythiennau tenau i'w gweld yn glir fel ffyrdd ac afonydd ar fap. Roedd ei wefusau wedi sychu a phylu, o'u cymharu gyda'r wên farwol, lachar uwch ei frest. Roedd y gwaed wedi sychu'n farf goch, flêr. Ystyriodd Williams beth oedd yr unigolyn hwn wedi ei wneud i achosi'r niwed.

'Fel rydym ni eisoes yn gwybod, hogyn lleol oedd Patrick Morrison. Roedd o'n fynychwr brwd o'r eglwys ac i'w weld yno'n wythnosol. Dyma ni rywun sydd wedi aros yn yr ardal ar hyd ei oes, drwy addysg a thrwy waith. Roedd yn parhau i fyw efo'i rieni ac yn gweithio i gwmni cyhoeddi llyfrau fel Swyddog Marchnata. Doedd...' cychwynnodd Williams, a neidiodd mewn braw wrth i Jones dorri ar ei draws.

'Sut ydyn ni wedi methu hyn – mi oedd o'n gweithio i gwmni llyfrau, ac yn y maes marchnata!' Edrychodd Williams arno gyda wyneb dryslyd, fel person sydd ddim cweit wedi deall jôc.

'Yli,' aeth Jones yn ei flaen, "dan ni'n gwybod bod y Parchedig yn un oedd yn hoff o bethau digidol, dydan? Fel unigolyn sy'n gwneud ei fywoliaeth drwy annog pobl i brynu llyfrau, mae'n RHAID bod hynny wedi creu drwgdeimlad rhyngddo a Mr Morrison. Os oedd ffigwr dylanwadol yn y gymuned yn mynd allan o'i ffordd i wneud yn siŵr nad oedd trigolion lleol yn gwneud defnydd o gopïau caled o lyfrau – rhai crefyddol neu beidio – roedd hynny'n ddrwg i'w fusnes, siŵr o fod! Wrth i'r Parchedig roi cyhoeddiadau pellach i fyny ar gyfryngau cymdeithasol, roedd ei ddylanwad yn fwy pellgyrhaeddol!' meddai Jones, wedi cyffroi'n lân bod darnau'r pos yn disgyn i'w lle, y darlun llawn ar fin cael ei ddatgelu, a'r clymau i gyd wedi eu datod.

'Mae'n rhaid i mi gyfaddef ei fod yn haws dychmygu bod dyn o bryd a gwedd y Parchedig yn fwy tebol o allu cyflawni'r weithred farwol. Gyda'r haul yn machlud tua chwarter i naw yr adeg hon o'r flwyddyn, byddai hynny wedi gadael digon o amser iddi dywyllu rhwng y Parchedig yn gadael yr eglwys a Mrs Morgan yn sylweddoli bod golau wedi cael ei adael ymlaen wrth fynd â Lili Wen am dro. Os felly, mae'n debygol iawn bod y Parchedig yn llofrudd wrth adael y noson honno,' cytunodd Williams.

'Dwi'n meddwl ei bod hi'n hen bryd i ni ymweld â'r Parchedig eto. Tyrd, gei di ddreifio!' meddai Jones gan gerdded tuag at y drws, gyda Williams yn rhuthro y tu ôl iddo yn stwffio ei lyfr nodiadau i'w boced.

Cyn i Jones agor drws y swyddfa, cipiwyd y drws ar agor gan heddwas ifanc nad oedd Jones yn ymwybodol o'i enw.

'Esgusodwch fi, syr. Mae adroddiad llawn yr uned TG wedi ein cyrraedd. Edrychwch ar hwn,' meddai gan basio ffolder drwchus yn llawn manylion iPad yr eglwys. Edrychodd Jones ar y dudalen flaen.

Oedodd.

Ni ddywedodd air.

Teimlodd fod ei bartner ffyddlon yn ysu i wybod y manylion diweddaraf.

'Does dim llawer o apiau ar yr iPad oni bai am y cyfryngau cymdeithasol,' meddai Jones, ond gwyddai Williams fod ganddo fwy i'w ddweud – a daeth ton o chwys oer drosto.

Trodd Jones yn araf ato.

'Mae'r iPad yn llawn o luniau Lili Wen Fach.'

'Be? Y ci?'

'Ia, y ci.'

Y Lein

Naomi Seren
Clwb Pontsiân, Ceredigion

Mae 'na rywbeth yn drist am lein ddillad wag. Y pegs yn segur a'r pentwr stilo yn ddim ond gorchwyl hanner awr. Megis dwe roedd Llinos yn golchi'r *baby grows* gwynion newydd sbon ac yn eu hongian i sychu yn awelon ei chyffro, a'i gofid wrth baratoi at y newid oedd ar droed yn ei byd. Ond aeth y *baby grows* a'r sanau bach gyda'r gwynt, yn jîns cyntaf a chrysau ysgol, cyn troi'n sacheidi o olch stiwdents stêl. Dim ond dillad dau oedd yn hongian ar y lein bellach, a Llinos ar goll yn segurdod ei Suliau. Roedd hi wedi bod yn chwennych, yn dawel bach, am y rhyddid hwn ers blynyddoedd, ond wrth grogi'r pilynnau prin ar y lein, anodd oedd peidio hiraethu am brysurdeb a phwrpas ei lein ddillad lawn.

Roedd Llinos wedi deall bod ei meddwl hi ac un Rhys ei gŵr mewn dau barc ar wahân. Doedd dim yn bod ar feddwl Rhys. Roedd e'n ŵr annwyl, yn gyd-aelod gweithgar o dîm eu haelwyd. Ond roedd y ddau'n wahanol. A heb gyffredinoli, roedd hi wedi'i hargyhoeddi bod meddyliau menywod a dynion yn wahanol. Y ddau wedi'u weirio'n wahanol. Rhibidirês o restrau oedd llif ei meddwl hi ers cyn cof:

- Gwisg Diwrnod y Llyfr
- Cacs carnifal y neuadd
- Apwyntiad bresys Gwilym
- Slipers newydd i Mam
- Arholiad piano Alys
- Talu rhent Pantycelyn Iwan
- Casglu tabledi llynger Magi Ann
- Prynu blodau i fam Rhys
- Chwilio prisiau yswiriant car

Rhestrau i gadw olwynion ei pheiriant i droi am ddegawdau heb atalnod llawn. Rhestrau fel pwyntiau bwled o chwys oer yng nghanol y nos. Rhestrau ar ben rhestrau bod yn Bennaeth Adran effeithiol, ar ben cofio penblwyddi ffrindiau coleg, ar ben cynnal a chadw ei chorff ei hun (wacsio a lliwio gwallt). Ac ar ben hynny, ceisio sicrhau nad oedd y rhestrau yn cymylu ei meddwl wrth roi tic ym mocs cael rhyw unwaith y mis.

'Llin, ti 'di gweld y'n walet i?'

'Ar y seld? Drws y car? Poced jîns neithwr?'

'Ydw...'

'Fydda i 'na nawr...' Roedd gan Llinos bŵer goruwchnaturiol hefyd. Y ddawn i ddod o hyd i eiddo coll.

'Wel, ti bownd o fod wedi'i symud e. Bysen i byth wedi gadel 'yn walet i fan 'na!'

Am bron i ddeugain mlynedd roedd Llinos wedi sychu'r smotiau ambr ar sedd y toilet ac wedi golchi'r blewiach o wyneb y sinc. Wedi treulio diwrnod o bob gwyliau haf yn sgwrio perfedd y Rayburn ac wedi gofalu bod draen y ffrij yn glir. A'r cwbl lot heb i neb sylwi. Fel rhyw dylwythen deg anweledig.

'Rhys, dere i dorri'r ffowlyn a phwtsio'r tato, 'nei di?!'

Ac roedd y cytundeb yn deg. Roedd gan Rhys ei orchwylion hefyd. Fe oedd meistr y mowo a brenin y bins. Ac welodd Llinos ddim un gaeaf heb stôr o goed tân. Ond yn llygaid y plant, camp eu tad oedd ei allu i bwtsho tato nes creu twmpathau o gymylau hufennog.

'Ewn ni am sbin fach i Cei heno? Fyddan Nhw wedi mynd am getre erbyn hyn. Falle cewn ni barco ar y ffrynt!'

'Ie, go on, 'te.'

Doedd dim gobaith amserlennu wac hamddenol i Cei i ganol ras wyllt eu Suliau slawer dydd. Prin oedd y cyfle i stwffo'r stilo i'r tyllau rhwng yr ysgol Sul, y gemau rygbi, y gweithio grefi a'r plethu gwallt, heb sôn am fynd am wac i lan y môr. Y gwir amdani oedd, byddai dydd Sul segur a nos Sul ddidoreth yn arwain at wythnos o gwrso cwt. Ond roedd Llinos yn cyfri ei bendithion, o leia doedd dim gofyn panso wrth stilo crysau cotwm crimp i ŵr oedd yn byw a bod mewn ofyrols!

O'r Sioe Frenhinol ddaeth y lein. Byddai'r clorwth coesog yn sicr o hwyluso bywyd ei wraig, yn ôl y Cocni o stondinwr. Ac wrth groesi'r clos ar fore Nadolig y Rhagfyr canlynol, derbyniodd Llinos ei hanrheg. Y lein ddillad, yn sefyll yn solet yn llwydrew'r bore bach, â stribyn o dinsel coch yn hongian wrthi. Un rhamantus fuodd Rhys erioed. Ond roedd y stondinwr yn llygaid ei le, ac wedi blynyddoedd o wasanaeth, roedd y lein ddiwydiannol yn haeddu'i hymddeoliad. Roedd hi'n fwriad gan Llinos ei chynnig i Iwan a Lucy. Oedd, roedd hi'n dal i fod yn handi ar gownt sychu dillad gwely, ond roedd cysgod gwyrddni coed yr ardd wedi dechrau anystwytho'i chymalau.

Roedd Llinos eisoes wedi awgrymu golchi a stilo ambell focsied o ddillad i Lucy, er mwyn ysgafnhau ei baich. Ond doedd golch ei mam yng nghyfraith ddim yn ddigon graenus yn ôl yr ymateb surbwch, felly ni chynigiodd eilwaith. Roedd hi'n syndod bod Llinos wedi llwyddo i fagu tri o blant a hithau mor ddi-glem. Doedd Llinos ddim yn gymwys i ofalu ar ôl Coco'r cocapŵ, heb sôn am ofalu am Alfie a George, ei hwyrion! Gorfeddwl oedd Llinos yn ôl Rhys. Ond doedd dim angen meddwl yn rhy galed... Snoben oedd Lucy.

Ar Ddydd San Steffan, byddai Lucy'n gorfod ildio a llusgo'i hun i ddod ar ei phererindod flynyddol i Galchen Fach. Ei rhieni hi fyddai'n cael y flaenoriaeth ar Ddydd Nadolig, wrth gwrs. Ond wrth wylio Llinos yn tewhau'r sudd â gwaddod y tun rhostio, ystyried y caloriau fyddai Lucy. Ac wrth i weddill y teulu fochio'r Yorkshire *puds*, bodio'i bwyd fyddai'r frwynen ar ben draw'r ford. Roedd hynny'n gymaint o drueni, ac Iwan druan yn ffaelu mwynhau cinio dydd Sul cartref fel yr arferai.

Un am ddilyn trefn oedd Llinos. Roedd camau nesaf ei bywyd wastad wedi bod yn glir. Aeth ei gradd yn swydd, yn ddyweddïad, yn briodas, yn fabi, yn fagu, yn nosweithiau rhieni, yn garto eiddo mewn bocsys ar hyd y wlad. Roedd Llinos wedi profi cyfnod o deimlo ar goll yn ei bywyd cyn hyn, ond bryd hynny roedd ganddi ateb, roedd ganddi nod. Heddiw, wrth dynnu dillad dau oddi ar y lein, a'u cario'n ddyrnaid i'w crasu yn y gegin, hiraetha Llinos am y Suliau slawer dydd, pan oedd y fasged olchi yn llawn. Byddai pethau'n wahanol petai Alys yn byw yn nes, ond roedd cynnig gofalu am y plant a'r rheiny yn Greenwich yn amhosib. Toddi i rythm newydd o fyw oedd angen, ac er na fyddai hi'n cyfaddef hynny ar goedd, roedd Llinos yn lwcus o Rhys. Rhys a'i friwsion a'i fflwcs a'i ffaeleddau.

'Llin, os na hastu di, fydd y *chippy* wedi cau!'

'Odi'r sos gyda ti?' Roedd Llinos yn gwrthod talu trwy'i thrwyn am wniadur o sos coch.

Wrth gydio'n y botel Heinz a dau dun o bop yn barod ar gyfer y sbin, fe ganodd y ffôn.

'Paid ag ateb! Dy fam sy 'na, siŵr o fod. Ffonwn ni ddi ar ôl dod 'nôl.'

Ac yn ei hast i adael y tŷ a neidio i'r car, chlywodd Llinos mo'r neges ar y peiriant oddi wrth Alys.

'Haia Mam. Fi sy 'ma. Paid becso, ond dwi'n dachre ffordd getre... fi a'r merched. Ni'n tair yn iawn, jyst, wel, dyw pethe ddim yn gweitho mas i fi a Dan... 'Mhenderfyniad i yw e. Gei di'r hanes wedyn. 'Drychid mla'n i'ch gweld chi...'

Gwreiddiau

Mared Fflur Jones
Clwb Rhos-y-bol, Ynys Môn

Hau

'Be wnawn ni? Cicio'r bar?'
Dro deddfol i'r rhai a dynnwyd
gan y llanw i'r Coleg ger y Lli.
Yr un hen filltir, yr un olygfa
fel 'tae'n newydd eto,
yn gwahodd,
yn dy gwmni.
Codi'n sodlau i goroni'r ymdrech
a'r cam cyfarwydd yn llamu
i dir yr anwybod.
Sylwais am y tro cynta,
fel sêr y nos,
fod dy lygaid dithau'n gwenu.

Tyfu?

Dy syniad di oedd symud,
bwrw gwraidd i'r blagur dyfu.
Finnau'n derbyn yn ddiamod,
yna sobri wrth sylwi –

fod hynny'n golygu
dadwreiddio.
Pacio 'myd i focsys del,
troi cefn ar y pethau bach
na fedrwn hel.
Lliw'r wawr ar ben y foel,
blas yr heli ar yr awel,
lamp fach y stryd
yn dangos ei bod yn saff i gerdded.
Gadael
i drigo'n dy gymuned ddiarth.
Ond ta waeth...
Dydi gwahanol, ddim wastad
yn golygu gwaeth.

Medi

Tendio'r ardd oeddwn i,
pan gynigiaist dy law i
gasglu'r border bach.
Dwi'n dy wylio'n cerdded draw,
yn dilyn llwybr dy wên tuag ataf
ac mae'n fy nharo,
mai dyma beth yw bod.
Fe fu, ac fe fydd stormydd
ar yr hen fynyddoedd hyn.
Ond o fy mlaen mae'r lle a garaf,
pob milltir ar flaen fy mysedd.
Ynot ti mae bro fy mebyd,
ynot ti mae 'myd i gyd.

Dwy blaned ar wahân

Alaw Fflur Jones
Clwb Felin-fach, Ceredigion

Y gwres wnaeth fy nharo i gyntaf, gan olchi fel ton drosta i wrth imi gerdded fewn trwy'r drysau awtomatig. Ymdebygai bron i'r anadliad cyntaf hwnnw 'rôl glanio dramor, a minnau dal yn fy nhrowsus a chot yn yr achos hwn, diolch i Gymru a'i thywydd – yn ysu i'w tynnu! Pam fod llyfrgelloedd mor afiach o dwym? Maen nhw i gyd yr un peth. Llyfrgell y brifysgol neu lyfrgell fach yng nghanol unman fel hon, â chwa'r hen lyfrau yn chwyrnellu fel chwys yn y gwres. Ydy'r cyngor yn gwybod beth yw cynhesu byd-eang? Neu ai fi sydd jyst mor gyfarwydd â sythu mewn rhewgell o ystafell yn y brifysgol ers tair blynedd?

Wrth imi gerdded mewn, cododd y ddynes tu ôl y ddesg ei phen, a throdd ei gwg yn wên o'm gweld â'm cês gliniadur yn fy llaw.

'Wel, helô, cyw!'

Jean – mam un o'm ffrindiau o'r ysgol gynradd oedd hi.

'Os fy' ti angen unrhyw beth, ti'n gwybod lle ydw i!' meddai wrth chwifio'r stamp llyfrau oedd yn ei llaw.

Diolchais iddi, cyn ei baglu hi am sedd. Byddwn i fel arfer yn chwysu am o leiaf deg munud arall yn y llyfrgell yng Nghaerdydd yn chwilota am le. Finnau'n pobi fesul cam, fy mag a oedd unwaith ar fy ysgwydd yn swingio'n freichled drom o amgylch fy ngarddwrn, *croissant* o fecws Lidl wedi'i malu'n friwsion o dan fy mraich, Oat Milk Latte o Costa yn oeri yn fy llaw, a chan oer o Monster yn pinsio gymaint yn y llall, nes bod fy mysedd i'n wyn.

Ond heddiw, llwyddais i dynnu fy mag o'm hysgwydd, rhwygo fy nghot a thynnu'n siwmper mewn chwinciad – roedd hyd yn oed fy nghoffi'n dal yn gynnes. Bu rhaid imi setlo am goffi du o hen fflasg y prynhawn yma gan fod fy menthyciad coleg bellach wedi sychu'n grimp. Roedd hynny, ynghyd â'r domen o waith oedd gennyf, yn atgof poenus o'r nifer o ddyddiau coleg oedd gennyf yn weddill.

Agorais fy ngliniadur, clicio'r ddogfen Word, a gweld y teitl 'Traethawd Hir: Dadansoddiad o'r ddrama *Siwan* gan Saunders Lewis' yn rhythu arnaf. Gweddill y dudalen 'run mor wyn a gwag â'r byrddau o'm hamgylch. Minnau wedi arfer â llond llyfrgell o fyfyrwyr yn teipio'n ffyrnig â'u cefnau'n fwâu ar eu sgriniau wrth fy ymyl. Doedd dim rhyfedd bod Jean wedi bod mor falch o'm gweld. Dim ond cefn un enaid byw arall mewn siaced debyg i *high-vis* yn eistedd ar gadair llawer esmwythach, ben draw'r llyfrgell y gallwn weld. Er, roeddwn i bron yn siŵr fod y dyn hwnnw wedi syrthio i gysgu a'i ên bellach yn big yn yr awyr wrth iddo ddal pryfed gyda'i geg. Wedi blino ar ei ddarllen, mae'n rhaid. Ar wahân iddo fe, pwy oedd yn defnyddio'r llyfrgelloedd yn y wlad? Yn dod yma o gwbl? Wedi'r cyfan, doedd yna'r un coleg na phrifysgol yn agos. Mae'n rhaid bod ei diwrnod hi'n llusgo y tu ôl i'r ddesg bob dydd, meddyliais, wrth syllu arni'n stampio llyfr o'i blaen.

Er mai dod i'r llyfrgell am ychydig o dawelwch wnes i, teimlai bron yn rhy dawel, heb sŵn yr un allweddell o'm hamgylch i 'mhoenydio, nac ychwaith i'm cymell i weithio. Ond doedd hefyd ddim gobaith i mi weithio 'nôl yn y tŷ gartre, gyda phobl – boed yn gymydog neu'n gontractwr, yn galw byth a beunydd i roi'r byd yn ei le â phaned. Idwal i fyny'r lôn alwodd bore yma – hwnnw wedi cytuno i helpu Dad i atgyweirio'r ffens a oedd wedi torri yn y cae uchaf.

'Ti'n gwybod pwy yw dy gymdogion di fan hyn, ti'n gweld, ma' bob un bob amser yn barod i helpu ei gilydd,' byddai Dad yn dechrau brolio, cyn mynd ymlaen i bregethu… 'Ti ddim yn gwbod pwy yw hanner y bobl 'ma sy'n y ddinas… a rheiny fel llygod yn loetran wrth lawr dryse'r hen siope!'

Dwy blaned ar wahân – felly'n union y byddai Dad yn cymharu'r wlad a'r ddinas. Y ddau fel petaent ar donfedd gwbl wahanol, meddyliais i'm hun, cyn troi o ddifri at fy nhraethawd. Stwffiais Airpods i 'nghlustiau gan dawelu'r tawelwch gyda chyngerdd o Gwilym, Lionel Richie a Queen o'm Spotify Premium, a dechrau arni…

Aeth bron i hanner awr heibio, ac roeddwn i wedi ysgrifennu hanner tudalen o 'nhraethawd pan sylwais arnynt. Eu gwynto nhw wnes i gyntaf. Doeddwn i ychwaith heb sylwi ar y fam a'i phlentyn a oedd yn cyfnewid llyfrau wrth y ddesg – minnau'n amlwg wedi cael fy hudo am ryw ychydig gan lif yr awen. Ond er cymaint y ceisiais fynd yn ôl ato, at fy mharagraff, do'n i'n methu. Pam nad oedd pobl jyst yn cymryd cawod?

Gŵr a gwraig, dyna ro'n i wedi tybio oedden nhw. Pensiynwyr mwy na thebyg, gan eu bod nhw yma ar brynhawn dydd Mawrth fel hwn. Hawlio un o'r cyfrifiaduron wnaeth y gŵr ac roedd yna ryw benderfyniad yn ei gyffyrddiad wrth iddo ddechrau torchi ei lewys o'm blaen. Ond gallwn ddim peidio â sylwi ar ba mor estron edrychai ei fysedd ar yr allweddellau, fel petai e erioed wedi teipio o'r blaen. Ond er mor boenus oedd gorfod ei wylio'n ceisio mewngofnodi, troi yn ôl yn dawel at fy nhraethawd wnes i.

Wrth geisio plethu'r frawddeg nesa o'm traethawd yn fy mhen, daliais fy hun yn syllu eto, ond y tro hwn ar y wraig. Do'n i braidd wedi sylwi arni ynghynt, hithau fel cysgod wrth ymyl ei gŵr. Eisteddai â'i chefn wedi ei droi tuag ataf, ac roedd yna ryw dristwch i'w hosgo wrth iddi syllu i'r gwagle ar y llawr. Gallwn weld ei dwylo main wedi eu croesi'n gelfydd ar ei glin, ac yna sylwais ar y trwch o faw a oedd wedi casglu o dan ei hewinedd. Roedd hi'n wraig fferm mae'n rhaid, hithau'n amlwg yn dal yn ei dillad bob dydd a hôl ei llafur wedi caledu'n dalpiau arnynt. Edrychai fel gweithwraig galed, un a oedd yn ymfalchïo mwy yn ei thir na'r gwellt a oedd wedi tyfu'n wyllt ar ei phen. Roedd Mam hefyd yn brysur allan ar y fferm bob dydd ond anaml iawn y byddai hi'n mentro i'r dre heb newid ei dillad a doedd hi bendant, byth, yn mynd heb sgrwbio ei dwylo.

Troi yn ôl i edrych yn fanylach ar y gŵr wnes i wedyn, a hwnnw'n dechrau colli ei dymer â phob llythyren a geisiai deipio ar y cyfrifiadur. Teithiodd fy llygaid yn araf o'i ben moel… i'r rhwyg bach oedd yn ei siaced ger ei benelin… lawr at stad ei esgidiau… gan rythu am eiliad ar y baw oedd wedi sychu o amgylch ei bigyrnau. Lle'r oedd y ddau hyn wedi bod?

Yna, â minnau'n ceisio troi yn ôl at fy nhraethawd, synhwyrais y wraig yn dechrau anesmwytho yn ei sedd. Roedd hi wedi bod ar bigau'r drain ers iddi gyrraedd, fel petai ganddi ryw drên i'w ddal. Troellodd ei phen fel tylluan o amgylch yr ystafell cyn hoelio'i llygaid ar y cloc y tu ôl imi. Roedd hi'n dri o'r gloch. Trodd yn sydyn at ei gŵr, a cheisio ennyn ei sylw. Dyna pryd ddechreuais dawelu'r gerddoriaeth yn fy nghlustiau…

'Well i ni feddwl mynd, Marc, neu bydd hi'n dywyll erbyn i

ni gyrraedd 'nôl i'r iard!' meddai â rhyw ofid yn ei llais.

Ond roedd hi'n tynnu at ddiwedd mis Ebrill, roedd oriau nes y byddai'n tywyllu, meddyliais i'm hun wrth wylio'r gŵr yn dechrau cynhyrfu.

'Pum munud arall!' cnodd, ac yntau'n dal i ymladd â'r allweddellau o'i flaen. Ni wyddwn yn iawn beth oedd mor bwysig fod rhaid iddo ei gwblhau ar ei sgrin. Edrychodd yn debyg i ryw ffurflen gais, ond ni allwn fod yn hollol siŵr.

'Ma' rhaid i ni fynd i'r banc hefyd cofia cyn iddo gau...' mentrodd hi ychwanegu, er ro'n i bron yn sicr nad oedd yna fanc wedi bod yn y dre ers blynyddoedd.

Ond waeth pa mor bwysig oedd yr hyn a oedd ganddo i'w wneud, roedd dal y banc cyn iddo gau yn amlwg yn bwysicach fyth wrth iddo droi at y cloc, gollwng rheg a diffodd y cyfrifiadur.

'Gobeithio bydd gyda nhw dun o Corned Beef i ni heno i swper!' mwmialodd wedyn dan ei wynt, cyn i'r ddau ei heglu hi drwy'r drysau awtomatig a'm gadael yn gegagored wrth fy sgrin.

Ers pryd oedd 'na fanc bwyd yn y dre? Doeddwn i erioed wedi sylwi arno, na chlywed am neb yn sôn amdano, pendronais i'm hun wrth i'r dyn yn yr *high-vis* ddechrau codi o gesail yr ystafell ag ôl cwsg wedi nythu yn ei lygaid. Synnais yn syth o'i weld yn dechrau hercian tuag at y ffynnon ddŵr, a'r siaced llachar a oedd ganddo amdano yn wincio yn ôl arna i yn y golau. Gallwn bron deimlo ei boen wrth iddo lusgo ei goes fel boncyff y tu ôl iddo. Am ryw reswm, do'n i ddim wedi dychmygu ei fod yn gloff, ac am ryw reswm dechreuodd hynny fy anesmwytho. Roedd rhywbeth cyfarwydd amdano, fel petawn i wedi ei weld, neu o leia rhywun tebyg iddo o'r blaen. Oeddwn i yn ei nabod e? Oedd e wedi bod yn yr ysgol tua'r un adeg â mi? Ond fod y clawdd o wallt, a'r ên gorila oedd ganddo yn gwneud iddo edrych dipyn yn hŷn? Beth oedd e'n ei wneud yma ar brynhawn ddydd Mawrth fel hwn? Beth oedd ei swydd e? Oedd e wedi bod yn gweithio ar yr hewl yn gynnar bore 'ma, neu'n gasglwr sbwriel, efallai? Byddai hynny'n egluro'r *high-vis* meddyliais i'm hun wrth ei wylio yn estyn am un o'r cwpanau plastig o'r ffynnon ddŵr. Dechreuodd ei lenwi a'i lowcio fel petai erioed wedi blasu dŵr ar ei dafod o'r blaen. Ei geg yn sych fel tafod cath ar ôl yr holl chwyrnu, tybiais, cyn dal fy hun yn syllu arno am eiliad yn rhy hir â'i lygaid tywyll yn cloi am fy rhai i. Teimlais y gwres yn codi i'm gruddiau, cyn iddo ddechrau cerdded, ond y tro hwn i'm cyfeiriad i. Troais fy mhen yn sydyn am ryw reswm wrth weld ei wefusau yn dechrau agor, ac esgus teipio... 'fhfhdrhrjdjjegkfbhgse'.

Ymlaciais wrth deimlo ei gysgod yn fy mhasio. Parcio ei hun o flaen y cyfrifiadur o'm blaen y gwnaeth y tro hwn. Mentrais beidio â chodi fy mhen yn syth; yn hytrach es i ati i ddileu'r cawlach ro'n i newydd ei ychwanegu i 'nhraethawd. Ond yn wahanol i'r hen ŵr cynt, gwyddwn o gyfeiliant yr allweddellau ei fod yn gyfarwydd â defnyddio'r cyfrifiadur. Troi at Google gwnaeth yn y diwedd a dechrau pori. Roedd hi'n anodd darllen y print o'm sedd, ond gallwn weld amlinelliad o lun ar y gwaelod, edrychai bron fel silwét carafán. Oedd e'n chwilio am wyliau? Rhywle twym mewn gwesty crand y byswn i'n ei ddewis petawn i mewn sefyllfa i allu neidio mewn awyren a mynd. Rhywbeth i edrych ymlaen ato ar ôl graddio, efallai? Aeth fy meddwl i ar gyfeiliorn wrth imi ddechrau dychmygu nofio yn y môr yn y Maldives... mwynhau gwydred o Aperol yn Sicily... a bola hoelio wrth y traeth yn Nice.

Parhau i feddwl am yr haul yn gynnes ar fy ngwyneb

oeddwn i pan ddechreuodd y dyn ysgwyd ei goes yn gynt ac yn gynt o dan y bwrdd.

Bu'n crafu ei ben bob hyn a hyn ers iddo fewngofnodi. Ond gallwn bellach deimlo'i rwystredigaeth yn berwi ynddo wrth iddo duchan a thuchan fesul pob dolen y cliciai arno, cyn iddo yn y diwedd, ddyrnu'r ddesg o'i flaen...

'Sorry, sorry!' meddai'n syth wrth droi i'm hwynebu.

Wrth reddf, yn fy lletchwithdod lluniais wên ysgafn, cystal â dweud – paid â phoeni. Ond cyn imi gael cyfle i droi yn ôl at fy ngliniadur, cymrodd fy ngwên fel ryw wahoddiad am sgwrs.

'Do you live locally?' ailadroddodd wrth imi dynnu'r Airpods o'm clustiau.

Rhewais, cyn dechrau baglu ar fy ngeiriau wrth ateb.

'No, I'm only visi... visiting the area!'

Do'n i ddim yn siŵr pam ddywedais gelwydd. Er, roedd yna ryw wirionedd ynddo, a minnau bellach yn byw traean o'r amser yng Nghaerdydd. Efallai mai dyna pam?

'O! You don't happen to know of anyone who could help me fix the roof of my caravan, do you? The storm got mine last winter, and I can't get anyone around to fix it,' meddai wrth bwyntio at y cyfrifiadur. 'Or know of someone with a static or something that I could stay in for a little while?' ychwanegodd gan anwybyddu fy ymateb cynt, bron fel petai wedi gallu synhwyro fy nghelwydd.

'No, sorry!' atebais, a dechrau teipio eto... *hrehfhskrkg*.

Gallwn deimlo fy nghalon yn pwnio yn fy nghlustiau. Do'n i ddim yn siŵr pam wnes i ddim cynnig â'r garafán a oedd yn segur ar ein clos ers blynyddoedd bellach wedi parcio'i hun yn fy mhen. Petai e yn rhywun arall? Yn siarad Cymraeg efallai, byswn i wedi? Gallwn deimlo ei lygaid bellach yn ddartiau arnaf, fy nghalon yn rasio, fel petai e rhyw ffordd yn medru gweld y garafán wag a oedd yn styc yn fy mhen...

'It's just that I need somewhere...'

Teimlais y gwrid yn dechrau bragu drwy fy ngwyneb, a dyna pryd hyrddiodd Jean draw i'r adwy tuag atom. Syllodd arna i cystal â dweud, 'Ti'n ocê, cyw?' cyn troi fel sarsiant i'w wynebu.

'Right, we are closing early today, Mr Moore. Its time for you to leave!'

'But... please! I really need...'

'No, I don't know of anyone who can help you!' heriodd Jean gan gau ei geg â chlep. Ond roedd y ddwy ohonom yn gwybod bod ganddi lond y llyfrgell o gyfeiriadau, gan gynnwys ei gŵr ei hun a oedd yn adeiladwr.

'And empty that bag of yours, or I'll have to call the police again!' gorchmynnodd wedyn wrth bwyntio at y rycsac trwm ar y llawr.

Dechrau rholio ei llygaid arnaf wnaeth Jean, ond teimlo'r un cwlwm cyfarwydd yn tynnu yn fy stumog wnes i wrth ei wylio'n ffwndro gyda'r holl bapur tŷ bach a oedd wedi'u rhychu o'r tai bach yn ei fag, cyn i mi deimlo'r cwlwm yn tynhau eto wrth ei wylio'n codi ei bac...

'Wyyl fawyr!' mwmialodd â'r Gymraeg yn gras ar ei dafod.

Ac yn yr eiliad honno, wrth iddo sgrialu fel llygoden allan i'r stryd, fe'm trawodd...

Doedd y ddwy blaned ddim mor wahanol i'w gilydd wedi'r cwbl, yr un yw'r difaterwch sy'n clymu'r ddwy.

Diwrnod Steddfod

Hawys Grug Owen-Casey
Clwb Nantglyn, Clwyd

O'r diwadd ma' dydd Sadwrn Eisteddfod CFfI Clwyd wedi cyrraedd. Ydi popeth gen i? Top Clwb (yr un cywir efo Teejac fel cynhyrchwr a Meirion Davies fel noddwyr)? Dillad meim? Ddim fel flwyddyn dwethaf lle 'nes i orfod cerdded ymlaen i'r llwyfan yn gwisgo pen mop fel wig a bŵts ffarmio rhyw foi oherwydd i mi adael y bag yng nghar Dad, a naddo, nath Dad ddim dod, oedd o'n gorfod gweithio yng Nghaerdydd felly gath y wig hen ddynas a'r ffedog smotiog wibdaith i'r brifddinas. Dwi byth am adael i hynna ddigwydd eto a dwi wedi hen ddysgu fy ngwers.

A! Bron i mi anghofio dŵr, doedd gen i ddim digon tro dwethaf – wel, na, do'n i ddim yn gallu mynd i Co-op oherwydd ei fod o wedi cau a doedd y ddynas yng nghaffi'r neuadd ddim yn rhy fodlon rhoi dŵr tap i mi am ddim. *Cheek*, 'de? Ta waeth, dwi wedi troi dalen newydd ac ma' popeth yn y car yn barod am drip cyffrous i Ddinbych (dim ond dwy filltir i ffwrdd ond er lles y stori, well i mi or-ddeud petha fel 'ma.)

Mi 'nes i bacio popeth i mewn i fagiau gwahanol. Un ar gyfer bwyd a DŴR. Y llall ar gyfer y dillad meim a'r trydydd ar gyfer sgidia glân rhag ofn i bobl y neuadd gwyno am stad fy mŵts a gofyn i mi eu newid rhag ofn i'r mwd ddifetha eu llwyfan hynafol. A dweud y gwir, dwi'n ddigon siŵr eu bod nhw angen newid y llwyfan yn eithaf sydyn oherwydd nath 'na ferch ddisgyn drwy lawr cefn y llwyfan. Mi oedd y planciau pren wedi pydru ac ma'r ardal yna wedi ei dapio i ffwrdd, sy'n ei gwneud hi'n anodd cael pawb yn barod ar gyfer meim gyda chyn lleiad o le. Ma' hi ddigon anodd fel ma'i!

Ma' hi bellach yn 11:00 ac ma' rhaid gadael mewn deg munud oherwydd ma' Mam isio lle parcio da. Dydi'r Steddfod ddim yn dechra tan 1:00 a ddim yn gorffen tan 1:00 y bore! Mamau, 'de. Wel, oll oedd hi isio oedd lle parcio yn agos i'r neuadd i arbed y pengliniau drwg 'na rhag popio a chlicio unwaith yn ormod.

Reit, dwi wedi gwneud yn siŵr fod popeth yn y car cywir a 'dan ni'n barod i fynd. O'r diwedd.

'Dan ni newydd gyrraedd y *multi storey* yng nghefn y neuadd a dwi'n mynd i'r bŵt i estyn fy mhetha. O, Mam bach! Lle ma' fy mhetha i?

'Mam! Mam! Lle ma' 'magia i? Rois i nhw yma ar ôl brecwast!'

'O, 'nes i ofyn i dy chwaer eu rhoi nhw yn nghar dy dad.'

'Ym, pam?'

'Roedd yna *sticky label* ar flaen y bagiau yn dweud "i fynd i'r siop elusen".'

'Mam! Ti ddim yn gall, bagia efo stwff fi ar gyfer heddiw 'di'r rheina! Be dwi fod i neud rŵan, 'lly?'

'Gwna fel 'nest ti flwyddyn dwetha, gofyn am betha gan bobl erill, yndê.'

'O, na Mam, plis ffonia Dad.'

'Cariad, mae o i lawr yn Nghaerdydd tan ddydd Gwener.'

'Be? Fydd y pasta tiwna a'r gacan sbwnj wedi tyfu blew erbyn iddo fo ddod adra! Iawn, gofynna iddo fo i beidio rhoi'r bagiau i'r siop elusen o leia?'

'Gwnaf siŵr, cariad.'

'Diolch yn fawr iawn, a plis 'nei di ddysgu dy wers, Mam?'

'Wel, ella 'na i. Ond be ydi'r wers yn union?'

'I edrych yn y bagia i weld be sy tu fewn...'

'A, dallt rŵan.'

''Di o'n well i ni fynd?'

'Yndi, a bydd dy ganu di ymlaen mewn awr, well i ti gynhesu dy lais, dos i'r gornal a gwna *scales* dwy octif mewn ordor cromatig.'

Wel, dyna chi'r profiad arferol o Steddfod CFfI teulu ni. Fydd hi'n waeth flwyddyn nesa – mae fy chwaer iau yn ymuno.

Rhywddydd

Elen Hannah Davies
Clwb Pontsiân, Ceredigion

Does yna ddim amarch tebyg i gachu ar garreg fedd rhywun, yn enwedig carreg fedd Branwen. Arllwysodd y dŵr claear dros y gwenithfaen, wrth geisio cael gwared ar y bryntni. Pam yn y byd fod pobl yn cysylltu dom deryn â lwc dda, meddyliodd. Tynnodd glwtyn rhacs o'i gwdyn Savers a phenlinio wrth ymyl y bedd. Gallai deimlo'r rhimyn concrit yn ceibio'i bengliniau. Sychodd y garreg wrth i olau gwan yr hwyrddydd chwarae pi-po ar ei hwyneb.

ER COF ANNWYL AM
BRANWEN ROBERTS
HUNODD 23 HYDREF 2020
YN 63 MLWYDD OED

Doedd Idris erioed wedi dygymod â cholli Branwen. Hi oedd ei hafan. Nhw eu dau a dim byd mwy. Doedd ganddi ddim ffrindiau, dim rhai rhy agos, ta beth. Doedd ei gwaith hi ddim yn caniatáu hynny. Fyddai Idris byth yn holi dim. Y ddealltwriaeth a'r parch hwnnw oedd asgwrn cefn eu perthynas. Dysgu derbyn wnaeth Idris. Derbyn pan oedd yr alwad yn dod, bod y cês yn cael ei bacio a hynny am ba bynnag hyd. Bod ar bigau'r drain oedd ei gyffur. Sŵn y car tu allan, sŵn yr allwedd yn nhwll y clo, sŵn ei sodlau yn sodro'r stepen drws fin hwyr. A'r gusan, a'r goflaid, a'r gwres rhyngddyn nhw pan fyddai hi'n dychwelyd, fel y tro cyntaf un, bob tro. Tan iddi beidio.

Hiraethai amdani.

Crintachodd pioden o foncyff coeden uwch ei ben. Roedd y blodau a fu mor bert yn eu dydd, yn slwtsh o ddrewdod. Aildwriodd yn ei fag Savers am y rhai ffres cyn eu trimio, eu trefnu a'u gosod yn gymen mewn dŵr glân. Gwenodd. Roedd hi'n dwli ar lilis gwynion. Dechreuodd gasglu'r fflwcs cyn gorfod gofidio am godi.

Dyna pryd y gwelodd hi. Fel ysbryd rhwng dau olau...

Cadwyn.

Estynnodd amdani, a phob cyhyr yn ei gorff yn gwingo. Astudiodd y gadwyn a'i chodi o flaen ei lygaid. Sylwodd ar siâp yr addurn yn y gwyll. Siâp jig-so.

'RHYW'

Gwingodd wrth ddarllen y gair ysgythredig.

Gwyddai yn iawn pwy oedd piau hi ond pam? Pam fan hyn? Pam Branwen?

* * *

'Dere mewn Meiris fach, sdim eisie i ti aros yn drws fel 'na i ddala annwyd.'

Doedd hi byth fel arfer yn cnocio ond roedd heddiw'n wahanol. Roedd hi wedi cael gwahoddiad heddiw. Chwarddodd ar stepen y drws wrth godi ei ffrog orau i amlygu ei phigyrnau. Torrodd Idris ar draws ei chyrtsi.

'Jiw, jiw, Meiris fach! Paid boddran tynnu'r slaps 'na 'chan, ma' digon o hen *stains* 'ma'n barod. Beth gymri di? Te? Coffi? Rh'wbeth bach yn gryfach?' Sylwodd Meiris ar dwll yn ei phopsoc. Cochodd yn gochach na choch.

'Beth bynnag gymrwch *chi*, Idris.' Carthodd y 'chi' ei gwddw am eiliad yn rhy hir.

'Wel, erbyn meddwl, ma' sh'wod well i ni beid'o tanco, ma' digon 'da ni i neud. Safiwn ni'r sieri at wedyn, ife?' Gwridodd Meiris eto. Roedd hi'n hoffi'r syniad o 'wedyn'.

Parciodd ei thin yn gartrefol ar y cowtsh.

'Y rheswm fi 'di gofyn i ti ddod 'ma, Meiris... Wel, ma'n galed rhoi mewn i eirie, a gweud y gwir... Ti shw'od ffili deall be sy mla'n 'da fi... Sori... Gad fi ddechre 'to... Ma'n nyrfe i'n rhacs, a gweud y gwir, Meiris...' Shifftodd honno fel pengwin at ddibyn y cwshin, yn barod i ddeifio i'w gôl.

'Branwen.' Stryffaglodd Idris. Pwyso am yn ôl wnaeth Meiris. 'Fi'n credu falle bo' rhywun 'di cymryd mantais o Branwen.' Tawelwch. 'Pan oedd hi'n ifanc, falle? Ti'n gwbod, adeg 'rysgol? Wedi'i thwyllo hi... Dal gafael arni... blacmelio hi, falle? Tan y diwedd yn deg.' Adeiladodd ei gresendo wrth geisio darbwyllo ei hun, yn ogystal â Meiris, fod 'na theori, bod 'na reswm, bod 'na esboniad. Roedd wyneb honno mor fflat â'r sieri oedd heb ei arllwys.

'A fi'n gwbod pwy, Meiris.' *Forte* erbyn hyn. 'Fi'n gwbod pwy, tyl! Ond ma' isie rhyw fath o *evidence* arna i, *clues...*' Cydiodd yn ei dwylo'n ddisymwth fel pe bai'n barod i ddawnsio (byddai Meiris, heb os, wedi cymryd y cyfle).

'Mae angen dy help *di* arna i, Meiris. A wnei di fy helpu i?' Roedd ceg Meiris led y pen. Nid fel hyn roedd hi wedi dychmygu heddiw. Roedd hanner ohoni'n ystyried hedfan drwy ddrws y ffrynt a byth dychwelyd i gwmni dyn oedd yn amlwg wedi colli'r plot yn llwyr. Roedd yr hanner arall, wrth gwrs, yn awyddus i ddangos ei doniau. Ac erbyn meddwl, doedd pengwiniaid ddim yn gallu hedfan, beth bynnag. Pwysodd opsiwn dau.

'Beth ar wyneb y ddaear sy'n gwneud i chi feddwl hyn i gyd, Idris?'

Tynnodd Idris facyn o boced ei drowsus, ac yna'r gadwyn oedd wedi'i lapio yn hwnnw, cyn chwifio'r aur fel abwyd o'i blaen. 'Ar. Fedd. Branwen.'

Sobrodd Meiris â'r golwg yn ei llygaid yn ddigon i Idris wybod ei bod hithau'n cofio'r gadwyn. Cochodd. Cywilyddiodd wrth feddwl am ei hedmygedd, ei hedmygedd hi a phob merch ifanc a ffôl arall oedd dros eu pen a'u clustiau mewn cariad â'r sleigi-diawl-seimllyd-oedd-yn-goc-i-gyd. Clive. Ei chrysh cyntaf. Mab y brifathrawes. Capten y tîm rygbi. Y bachgen cyntaf i gyffwrdd a thorri ei chalon... Gafaelodd yn y gadwyn. Y gadwyn gaiff ei defnyddio fel stamp ar bob merch bu'n ddigon diniwed a ffôl i ildio iddo. Byseddodd y llythrennau bob yn un yn araf. 'RHYW'. Ac yna'r eildro, fel gorchymyn. 'RHYW'. Yn drachwant i gyd, roedd llygaid Idris yn crefu am wybodaeth, am rywbeth gan Meiris. Gosododd hi'r gadwyn ar lawr.

'Idris?' Nodiodd hwnnw fel ci coll. 'Ble licech chi i fi ddechre twrio?'

* * *

Hi oedd pencampwraig helfa drysor ceir yr ardal ers bron i ddeugain mlynedd. Roedd e'n gwybod felly mai hi oedd y fenyw ar gyfer y job. Meiris Maps. Diolchodd am ei pharodrwydd i'w helpu, er ei bod hi mor... wahanol. Roedd Branwen yn wahanol hefyd, ond nid i'r fath raddau â Meiris. Gwendid Meiris oedd ei bod hi'n wahanol, a dyna oedd cryfder Branwen. Roedd merched fel Branwen yn brin. Diolchodd iddo sylwi arni. Diolchodd am gael ei gwarchod am gyhyd.

'Chi'n hapus i fi edrych drwy hwn nesaf, Idris?' Daliodd Meiris y tun *Quality Streets* tolciog oedd hyd y top o drugareddau. Nodiodd. Roedd e wedi cael traed oer lawer tro yn ystod y 'broses' wrth weld Meiris yn rhidyllu drwy bethau Branwen. Câi Meiris bleser tawel o hynny. Meddyliodd Idris droeon am ddweud wrthi am stopio, am roi'r gorau i'r cloddio a'r clebran a derbyn efallai ei fod e wedi gorfeddwl a chamddehongli'r sefyllfa yn llwyr... Ac eto, nid hap a damwain oedd y gadwyn. Roedd y gadwyn wedi cael ei gosod yno. Roedd y gadwyn yn golygu rhywbeth... Ond beth?

'Wel, ma' hwn *yn* ddiddorol!' Saethodd llygaid Idris yn syth i gyfeiriad Meiris. Roedd pen macrell seramig yn ei law. 'Ydi hwn yn symbol o rywbeth, gwedwch, Idris? Y teimlad bod ei chorff ddim yn perthyn iddi hi bellach, ei bod hi wedi cael ei thorri yn ei hanner, bod rhywbeth *fish*...'

'Stopa fan 'na, Meiris fach.' Chwarddodd Idris. 'Rhyw foi yn gwerthu *junk* mas yn Norwy sy tu ôl i hwnna. Branwen yn teimlo trueni drosto fe ac yn prynu'r rybish *pointless* iddo fe ga'l teimlo'n hunanbwysig am damed. Byddet ti ddim moyn hwnna 'se ti'n ca'l e am ddim, na fyddet ti?' Chwarddodd eto a'r atgofion mor felys â ddoe. 'Un fel 'na o'dd Branwen, 'tyl. *Heart of gold*.' Rhoddodd Meiris ffling i'r pen macrell a theimlo'n dwp am awgrymu'r fath beth. Aeth yn ei blaen i dwrio. Roedden nhw wedi llwyddo i balu trwy dipyn o eiddo Branwen yn ystod y pythefnos diwethaf. Yn yr offis, roedd Idris bron yn sicr y bydden nhw wedi darganfod rhywbeth. Rhyw hen ddyddiadur neu lythyr. Ond dim. Dim byd heblaw biliau a *receipts* oedd angen eu llosgi ers tro a hen amlen â chwrlen fach felen ynddi. Doedd yr un o'r ddau yn siŵr beth i feddwl o honno.

'Hei, Idris. *You can find me on a hook, if you know exactly where to look.*' Dynwaredodd acen Americanaidd – pwy a ŵyr pam. Wnaeth Idris ddim sylw. Dyma ddechrau ar ei phwl dwl dyddiol. 'Dewch mla'n, Idris. Gadewch i ni gael bach o sbort.' Achosodd y gair 'sbort' i Idris grynu.

'Ti 'di colli fi nawr, Meiris. Ti wedi colli fi.'

'Pos, Idris! Dyfalwch y pos i wybod beth arall sydd yn y *box of tricks*.'

Roedd y pythefnos diwethaf o dyrchu wedi teimlo fel oes, ac eiliad fel hon yn atgoffa Idris yn union pam doedd y cloc ddim yn troi. Dyma ddynwared eto:

'*You can find me on a hook, if you know exactly where to look.*'

'*Hook*... Bachyn... Sdim pen macrell arall mewn 'na, o's e?'

'Nagoes, Idris. Dwi'n fwy creadigol na hynny. Trïwch eto.'

'*Hook*... *Hook and eye*... latsh! Latsh drws?'

'Oer.' Roedd Meiris wrth ei bodd.

'Erm, o diawl erio'd, *Hook*... *Hooker*... HOOKER?' Cododd ar ei draed mewn tymer. 'Beth ti 'di ffeindio, Meiris, beth ddiawl ti 'di ffeindio?'

'Allwedd, Idris! Fi 'di ffeindio allwedd.'

'Allwedd! Wel y Duw, Duw. Eitha da, Meiris fach. Pan wedes di *hook*, o'n i'n dechre meddwl... ond fydde Branwen byth...'

Taflodd Meiris yr allwedd i'r un pentwr â'r pen macrell. Roedd y Quality Streets yn eu hanfon ar gyfeiliorn, ymhell oddi wrth unrhyw drysor. Arllwysodd berfeddion y tun ar lawr. *Tweezers*, pêl golff, *plug adaptor*, teclyn metel i godi blew o garped, a *gift card* 'Seasons Greetings' Next. Fflwcs. Llithrodd y llawes oddi ar y garden blastig a'r slip bach gwyn yn syrthio i'w chôl. Agorodd y papur oedd wedi'i blygu yn bedwar. £50.00. Gallai weld y ffigyrau'n blaen, ond nid dyna wnaeth dynnu ei sylw. Ar waelod y papur, mor amlwg â chorff, roedd inc. Llawysgrifen. Cyfeiriad.

Troellodd Meiris y papur wrth redeg ei bys yn ôl ac ymlaen dros y cod post, y cogs yn troi, ei chalon ar ras, a'r dyddiad prynu yn fwy o benbleth fyth: *20/12/2020*

* * *

Eisteddodd Meiris Maps yn y car. Roedd hi eisiau dal ei law gymaint, ond nid ei lle hi oedd gwneud. Gwyliodd o bell wrth iddo gamu at y drws ffrynt. Roedd ôl y daith ar darmac ei gorff. Crynodd ei goesau, yn fwy na'r arfer. Roedd pob rhan ohono wedi bwrw saith deg.

Edrychodd Idris o'i gwmpas. Rhaid bod hwn yn golygu rhywbeth. Tynnodd un anadl ddofn a chnocio... Roedd y deugain eiliad nesaf yn teimlo fel oes yn ei ben wrth iddo chwarae a chwarae â'r darn jig-so yn ei boced dde. Agorodd y drws... ond suddodd ei galon. *Dead end.* Yn sefyll o'i flaen roedd merch ifanc, bert, a'i gwallt cyrliog, melyn yn siapio'i hwyneb.

'O,' baglodd Idris. *'I'm sorry. I'm sorry... I think I'm at the wrong...'* Bu bron iddo droi ei gefn a mynd yn ôl i'r car cyn sylwi ar yr aur o amgylch ei gwddf. Cadwyn. Addurn. Jig-so. Syllodd ar ei brest am eiliad, neu ddwy, neu dair...

'Excuse me?' Fel cwcw, roedd y ferch yn bigog. Chymerodd Idris ddim sylwi ohoni, dim ond parhau i syllu a cheisio gwneud synnwyr...

'DDYDD?... DDYDD?' meddai.

'Sori?'

'DDYDD... eich cadwyn chi... Mae hi'n gweud...'
Dechreuodd eto. Roedd wedi drysu.

'Your necklace... the pendant... The jigsaw piece says...'

'DDYDD.' Torrodd y ferch ar ei draws. 'Mae'n cysylltu 'da
chadwyn... Sori, pwy y'ch chi?' Ond cyn i Idris allu ateb, fel
llygoden yng nghornel y drws, daeth llais arall.

'Pwy sy 'na, bach?'

Llais menyw. Llais cyfarwydd. Llais Branwen.

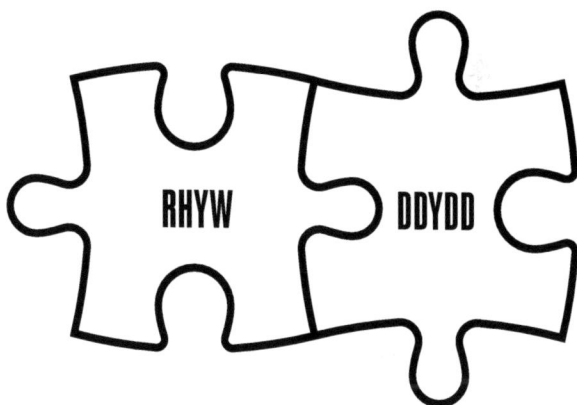

Ergydion

Siôn Wyn
Clwb Felin-fach, Ceredigion

RHYBUDD: Thema sy'n peri gofid. Mae'r fonolog yma'n trafod hunanladdiad.

Cynydda golau'r llwyfan i ddangos cegin ffermdy draddodiadol. Blaen llwyfan mae bwrdd pren a chadeiriau o'i amgylch. Gorffwysa hwdi Outback Outfitters lliwgar ar ben un o'r cadeiriau. Ar y bwrdd ceir pentwr o waith papur, powlen ffrwythau, jwg laeth, copi o'r 'Farmers Weekly' diweddaraf, llestri brwnt ers brecwast a'r llythyrau a gyrhaeddodd gyda'r post ben bore. Uwchben y sinc gwelir ffenest sydd ar agor a chlywir lleisiau ar y clos drwy'r ffenest. Ar sil y ffenest mae fas o flodau sydd wedi gweld dyddiau gwell. Uwchben y reibyrn sycha parau o sanau, a gerllaw mae basged olchi. Ceir naws cartrefol, teuluol, cyffredin yn y gegin, ond eto ceir y teimlad fod yna rywbeth o'i le, bod rhywbeth ddim yn iawn. Wrth y drws, mae cabinet gynnau ar glo.

Mae Einir, gwraig fferm yn ei phedwardegau hwyr, yn cymhennu'r gegin yn dilyn amser brecwast. Mae Dei, ei gŵr, y tu allan ar y clos, tra bod eu plant Jac a Mali newydd fynd i'r ysgol.

Sycha'r briwsion bara oddi ar y bwrdd gyda chlwtyn tamp o'r sinc gan ddal y briwsion yng nghledr ei llaw, a'u taflu i'r bin ochr arall i'r drws. Cydia yn y llestri brwnt o'r bwrdd a mynd tuag at y sinc. Mae'n ceisio cadw'n brysur, er, mae'n amlwg fod rhywbeth ar ei meddwl.

Yn sydyn, clywir sŵn ergyd gwn o'r tu allan ar y clos, sy'n ei
dychryn. Cwymp y llestri brwnt yn un glec swnllyd i'r sinc. Mae'n
rhewi yn y fan a'r lle.

Un.

Yr un gynta.

Yr un gynta...

Ond nid yr un ola.

Mae'n troi'n araf i wynebu'r gynulleidfa, gan barhau i sefyll ar
bwys y sinc.

Glywsoch chi e?

Ma' rhaid bod y cwm i gyd wedi'i glywed.

Anodd p'ido.

Hyd yn oed y rheiny sy'n drwm eu clyw.

Er, *selected hearing* sydd 'da'r rhan fwya o'r rheiny, ta beth...

Chi i gyd yn gwbod am y teip o bobl dwi mla'n ambyti, ond
dy'ch chi?

Y'ch chi?

Falle bo' chi'n un o'n nhw?

Un o'r *Western Mailers* neu'r *Cambrian Newsers*?

Y rheiny sydd isie gwbod am bawb a phopeth.

Yn glustie ac yn glecs i gyd.

Holi perfedd.

Isie ffindo mas be yn union sy mla'n 'co?

Wel, clatsiwch bant!

Gwnewch fel y licwch chi.

Sa i'n becso dam!

Achos ma' isie i bobl ddechre talu sylw.

Ma' isie i bawb glywed am hyn i gyd.

Ma' isie i'r holl beth fod ar fla'n tafodau ar draws y wlad.

Cyment o isie…

Ond y gwir yw, dylen ni ddim fod yn y sefyllfa 'ma yn y lle cynta…

Dyle neb.

Dyle fod ddim stori i'w hadrodd.

Ond, *too late.*

Ma'r dicáu 'di cyrraedd.

A dics y ddinas…

Y Llywodraeth… *in charge*!?

In control!?

Inadequate, weden i!

Saib fer, gan edrych at gyfeiriad y cabinet gynnau yn sydyn.

Saethwch nhw!

Ma'r ateb yn bla'n.

Saethwch y diawled!

Na, dim lladd y gwleidyddion…

Na, dim hynny dwi'n ei feddwl…

Na, saethu'r moch daear o'n i'n feddwl…

Nhw yw'r diawled yn hyn i gyd!

Cael gwared â nhw sydd isie…

Unwaith ac am byth.

Yn lle gorfod saethu'n da ni a'r rheiny dal heb eu lloia 'to.

Ergyd gwn yn torri eto ar draws y siarad. Unwaith eto, mae'n rhewi, cyn syrthio i'r gadair wrth y bwrdd a dal ei phen yn ei dwylo.

Ma'r sŵn na'n mynd trwydda i.
Codi ofon arna i wrth feddwl am y peth.
Dwi'n gwbod bod e'n dod.
Gwbod bod e i'w ddisgwyl.
Ond dal… ddim yn barod amdano…
Pwy fydde?
Dwi'n eu cyfri nhw'n fy mhen…
Y da…
A'r pasborts 'nes i baratoi n'ithwr ar eu cyfer.
Gwaith papur sy'n ddigon i droi ar ddyn…
… a menyw.

Saib a syllu yn syth o'i blaen yn wag yr olwg.

Un hunllef hir sy'n gwrthod mynd.
'Na beth yw'r holl beth.
Hunllef gallen ni gael gwared â hi, tase unrhyw fath o siâp ar y Llywodraeth 'na'n taclo'r TB 'ma!
TB.
NVZ.
Be ddaw nesa o'r cawlach 'ma?
Dweud bod rhaid troi'n ffermydd yn goedwigoedd?
Dyna lefel eu diffyg deall nhw!

Saib.

A nawr ma' fe Brian May yn hwpo'i drwyn mewn.
Gweud wrthon ni be i neud.
Bod rhaid ffindo ffordd i gyd-fyw 'da'r bywyd gwyllt…
Cadwa di at chwarae dy gitâr, boi…
A gad ni fod!

*Mae'n codi o'i heistedd, ac yn symud y tegell ar dop y reibyrn
er mwyn berwi'r dŵr. Mae'n troi at y gynulleidfa a cheisio eu
darbwyllo nhw a hithau, fod popeth yn mynd i fod yn iawn, er y
gwir yw mae pethau'n mynd o ddrwg i waeth.*

Paned.
Yr ateb i bob helbul.
Paned, ie… paned.
Paned o de.
Y *coping mechanism* gore erio'd.
Os yw pethe'n mynd yn drech…
Yna, paned amdani!

Dwi wedi cael ffwdan cysgu ers misoedd.
Ffaelu cysgu.
Treial popeth.
Ond dal ffaelu cysgu.
Codi wedyn,
ganol nos.
Dod lawr i fan hyn a chael te.

Popeth yn corddi nes cael paned.
Teimlo bo' fi'n neud te i'n hunan rownd y bowt.

Fel bo' fi'n treial cynnig cydymdeimlad â'n hunan.
Talu'r gymwynas ola' ganol nos.

Ac yno, yn yr orie bach hyn...
Dwi'n becso.
Becso gormod?
Neud môr a mynydd o'r peth?
Falle...
Fydd bownd o fod fory?
Fydd bownd o fod dyfodol i'r plant?
Fydd bownd o fod rhywbeth dal ar ôl 'ma iddyn nhw?
Fydd bownd o fod...
Bydd e?

Erbyn hyn, clywir sŵn y tegell yn gwichian ar yr reibyrn. Mae'n estyn cwpan ar hast o'r cwpwrdd ar y wal, a llwy de o'r drôr. Tafla gwdyn te i mewn. Mae'n cydio yn y tegell ac yn arllwys y dŵr i'r gwpan, cyn estyn y jwg llaeth gerllaw a mynd 'nôl tuag at y bwrdd ac eistedd i lawr eto.

Lla'th.
Chi'n cymryd lla'th 'da'ch paned?
Lla'th ffres o'r tanc bore 'ma yw hwn.
Sdim gwell i ga'l.

Arllwysa'r llaeth i mewn i'r gwpan. Mae'n cymysgu'r baned, cyn tynnu'r cwdyn te o'r gwpan, a gosod y llwy a'r cwdyn ar y bwrdd. Parha i siarad.

Dim *oat* na *soya* fan hyn!

Nefo'dd yr adar, na!

Hwn yw'r lla'th go iawn!

Lla'th…

Llaeth…

Llefrith…

Jiws buwch…

Buwch jiws…

Ta beth i chi'n ei alw e…

Y peth pwysica' nawr yw bod ni'n sefyll 'da'n gilydd.

Yn un.

O ba bynnag cwr o'r wlad i ni'n dod.

Achos os garith pethe mla'n fel ma'n nhw'n mynd nawr, fydd dim da godro 'da ni.

Dim digon o la'th i neb.

Ac wedyn, *soya* i bawb o bobl y byd!

Chi'n ffans?

Ma'n rhaid bod rhai ohonoch chi.

Ma' golwg *alternative* iawn ar rai, a gweud y gwir.

Dalwch chi fyth ohona i'n yfed y rwtsh 'na!

Na!

Nefyr!

Byth!

'Yfa dy la'th nawr i ti gael bod yn gryf,' chwedl Mam-gu Penlôn.

Cryfder corfforol.

Cryfder emosiynol.

Cryf.

Rhaid bod yn gryf.

Gan fagu ei phaned yn ei llaw chwith, mae'n mynd i eistedd yn y gadair wrth y bwrdd. Mae'n rhoi'r baned i lawr ar y bwrdd, cyn troi ei sylw at ei modrwy briodas. Mae'n ei chyffwrdd, ac yn ei throi'n araf o amgylch ei bys.

Y cryfder 'na ma' Dei 'di'i golli.
Ma' fe'n stryglo.
Reial stryglo.
Popeth yn ormod iddo fe.
Y ddou o'n ni'n cwmpo mas fel ci a hwch.
Drwy'r dydd.
Drwy'r nos.
Pob dydd.
Pob nos.
Ma'n straen.
Ffaelu siarad am y peth 'da fi.
Cadw popeth i'w hunan.
Gweud y gwir, smo fe'n siarad â neb dyddie 'ma.
Gweud y gwir, smo fi chwaith...

Mae'n parhau i syllu ar y fodrwy.

Dwi'n teimlo mor euog.
Mor, mor euog.
Bo' fi ffaelu helpu e.
A... a...
Beth os bydd e ffaelu copo rhagor?
Beth os bydd yr hyn sy'n berwi y tu mewn iddo fe jyst yn ormod rhyw ddydd?

Saib hir.

Sŵn ergyd gwn arall. Mae'n codi o'i heistedd ac yn mynd yn syth tuag at y ffenest a'i chau. Mae'n cydio yn y bleinds gan eu cau hefyd. Gwan yw'r golau yn y gegin bellach. Cerdda o gwympas y gegin ar bigau'r drain, bron fel gwallgofddyn.

Smo fi isie clywed rhagor!
Ma' deunaw arall i fynd…
Dim.
Dim rhagor.
Un prawf ar ôl y llall.
Colli nhw yn eu degau.
Colli popeth.
Colli, colli, colli!

Cydia yn y fasged olchi yn ddiseremoni, a chychwyna rhwygo'r dillad sy'n sychu uwchben y reibyrn. Ceisia ymladd yn erbyn y sefyllfa a'r sŵn, gan wybod fod hynny'n ddibwrpas. Mae'r rhwystredigaeth yn amlwg yn cynyddu yn nhôn ei llais.

Pam yffach i ni'n treial?
Dwi 'di bod yn meddwl lot fowr am hynny'n ddiweddar.
Blynydde…
Cenedlaethe o w'ithio'n galed.
Graffto.
Torchi llewys.
Clatsio bant.
Magu plant.
Magu teulu.

Cynnal cymuned.
Rhoi bwyd ar blât.
O'r giât i'r plât.
Lla'th da.
Cig da.
Cynnyrch da.
Pobl dda.
A 'ma'r diolch i ni'n 'i gael…
…DIGON YW DIGON!

Swn ergyd gwn arall yn torri ar ei thraws, ond y tro hwn ychydig yn dawelach gan fod y ffenest bellach ar gau, ond mae'r swn dal yn ddigon uchel i'w glywed ac i'w chynhyrfu ymhellach. Gollynga'r fasged olchi yn y fan a'r lle, a mynd tuag at y ffenest. Anela ei geiriau tuag at y ffenest.

Stopiwch, er mwyn y mowredd!
Stopiwch y swn!
Mae'n ddigon gwael bod chi'n saethu nhw…
Heb sôn am orfod eu saethu nhw ar y clos gytre!

Gan bwyntio'n fwy rhwystredig fyth at y ffenest.

Mas tu fas fyna!
Un ar ôl y llall yn ciwo…
Ciwo er mwyn i ryw foi, dieithryn, i dynnu'r trigyr.
Rhwbio halen i'r briw a dishgwl i ni helpu.
Ie…

Carto'r da draw.

Neud yn siŵr fod y rhai reit yn cael eu difa.

Yna, gweld nhw yn cwmpo'n farw ar y clos o fla'n ein llyged.

Cyn fflingo nhw i bac y lorri.

Pentwr o gyrff ar ben ei gilydd.

Artaith!

Artaith llwyr!

Saib hir.

Yn hollol ddiegni ac yn ddiemosiwn, cerdda'n araf tuag at y bwrdd. Wrth gerdded, mae'n chwarae â'r fodrwy, gan ei throi o amgylch ei bys. Yn sydyn, tynna'r fodrwy oddi ar ei bys a'i gosod ar y bwrdd.

Sori.

Dwi'n sori.

Cerdda tuag at un o ddroriau'r gegin yn ddiseremoni, gan chwilio am allwedd yng nghanol yr holl drugareddau. Daw o hyd i allwedd y cabinet gynnau. Anela at y cabinet, ac estyn yr allwedd o'i llaw i agor y drws metel. Ceir sŵn rhydlyd, gwichlyd wrth iddi drafferthu i'w agor. Cydia yn y gwn sydd yn y cabinet. Gwna hyn i gyd heb unrhyw emosiwn.

Sneb yn clywed...

Sneb yn gwrando...

Sneb yn deall...

Tywylla'r llwyfan yn sydyn ac yn gyfan gwbl.

Saib.

Clywir sŵn ergyd gwn.

Limrigau

Fe es i i hwylio y moroedd,
Mewn llong oedd mor hen â'r mynyddoedd;
'Rôl mordaith go ddyrys,
Cyrhaeddais rhyw ynys,
Rwyf yma ym Mona ers misoedd!

Eiry Lewis
Clwb Llanbrynmair a Charno, Maldwyn

Ar fap, Ynys Môn yw pen Cymru,
A'r fraich yw Pen Llŷn. Fe wn hynny.
Mae'r traed yn Sir Benfro,
A'r bol draw'n y Bermo,
Ond calon y wlad ydi 'Sbyty!

Gwydion Alun
Clwb Ysbyty Ifan, Eryri

Ar ynys yn rhywle mae Steddfod
Lle mae'r C.Ff.I yn cyfarfod,
Sdim adrodd na chanu,
Na chôr na chystadlu,
Os ffeindiwch hi cofiwch roi gwybod.

Sioned Davies
Clwb Llanwenog, Ceredigion

Wrth ddychwel o'r sioe yn Llanelwedd
Yn rhyfeddu mor bert yw ein tirwedd,
Edryches i'r drych,
'Ble ma'r treilyr, y brych?!'
Ro'dd rhaid fi droi 'nôl yn y diwedd.

Angharad Evans
Mydroilyn, Ceredigion

Wrth ddychwel o'r sioe yn Llanelwedd,
Daeth Hywel ni adra 'fo Heledd.
Roedd hi'n andros o ddel
A'r hogia'n wel jel,
Ond dafad oedd Heledd yn diwedd!

Hawys Grug Owen-Casey
Clwb Nantglyn, Clwyd

Wrth ddychwel o'r sioe yn Llanelwedd,
A'r plantos yn crio'n ddiddiwedd,
'O, gadwch hi nawr,
Byddwn adre mewn awr –
A chawn fynd i'r Ffair Aeaf fis Tachwedd!'

'Dwi'n gadael i fyw ar ryw ynys,'
Medd Wil wrth ei wraig yn hyderus.
'Gan bwyll,' meddai hi,
'Dwi'n dod gyda ti –
Ma' 'she rhywun i stilo dy bansys!'

Manon Cooper
Capel Iwan, Sir Gâr

Gydag Amser

Elin Williams
Clwb Uwchaled, Clwyd

Mis Mawrth 2001

'Ifan! Wyt ti wedi codi byth?' galwodd fy nhad â'i lais yn treiddio drwy waliau trwchus y tŷ. Er cymaint yr hoffai gredu y byddai ei fab wedi codi'n blygeiniol am unwaith, gwyddai mai ofer fyddai ei waedd, a gwastraff llwyr o lais.

'Dwi'n dod rŵan, Dad!' galwais drwy niwl yr eiliadau cyntaf o fod yn effro. Celwydd golau, ond buddugoliaeth i gyrch fy nhad o geisio bod yn gywir pob tro. Llusgais fy hun o'm gwely a chyflawni'r ddefod foreol o agor fy ffenestr led y pen, gan bwyso mor bell ac y gallwn allan ohoni heb beryglu fy mywyd, ac anadlu'r awyr iach. Aer y wlad, does dim byd tebyg. Gorffwysodd fy llygaid ar y tirlun o'm blaen, y ffriddoedd a'r caeau, yn frodwaith o wyrdd, y defaid toreithiog oedd yn glystyrau o famau a'u hŵyn newydd-anedig. Adeiladau'r fferm yn sefyll yn falch yn eu priod le, pob carreg a phob llechen wedi siapio cymeriad y lle, wedi cyfrannu at lwyddiant y fferm. Wedi cyfrannu'n fwy na fi, mae'n siŵr. Ymestynnai'r buarth yn llydan tuag at y tŷ – a'r tŷ, wel, petai'r waliau yma'n gallu siarad! Tristwch o'r mwyaf ydy na allan nhw ddim. Mae'r fferm yma'n perthyn i'r tir, a ninnau yn rhan annatod o'r fferm. Doedd dim modd ysgwyd ein byd a ninnau mor gadarn, neu dyna a gredwn i, beth bynnag…

'Ifan! 'Rarglwydd mawr, tyrd yn dy flaen, hogyn!' Roedd rhaid brysio os oeddwn i'n gwerthfawrogi 'mywyd. Gwisgais amdanaf, a rhedeg lawr y grisiau cyn i'r dyn orfod dod i'm nôl i.

'Thalith hi ddim i ti fynd allan ar stumog wag, wsti.' Stwffiodd Mam frechdan bacwn o dan fy nhrwyn, ac am eiliad, ymgollais yn arogl y saim a blas y mwg ar y cig. Bu bron i mi aberthu popeth ar ei chyfer, cyn i mi gofio am y dyn hanner gwallgof oedd yn disgwyl amdanaf yn y Land Rover tu allan.

'Does 'na'm amser, Mam! Wyt ti am fy ngweld i'n gelain ar lawr y buarth 'na? Achos dyna lle fydda i os na a' i drwy'r drws 'na'r eiliad yma!' Clywais hanner ei hymateb pregethwrol am sgileffeithiau peidio bwyta brecwast cyn i mi gau'r drws ffrynt yn glep a sgrialu i mewn i'r cerbyd. Nid cyn i Dad ganu'r corn mewn ymgais derfynol i gyfleu ei siom nad oedd ei unig fab yn cymryd diwrnod ocsiwn o ddifrif.

Os llwyddo wnes i osgoi pregeth Mam, llai ffodus o lawer fues i gyda 'nhad. 'Ti'n un ar hugain, Ifan! Mae'n hen bryd i ti dyfu i fyny, wir Dduw, a chymryd chydig o gyfrifoldeb hyd lle 'ma! Fydda i ddim o gwmpas am byth, wyddost ti!' Ac fel yna y bu hi'r holl ffordd lawr i'r dre, cwyno am hyn, gweld bai am llall. Sut all dyn ddal a dal i siarad heb unwaith fod angen cymryd ei wynt, dwn i ddim. Ystyriais ymateb sawl tro, dweud rhywbeth clyfar a chael y pleser o'i weld yn cochi ac yn gweiddi'n uwch ac yn uwch wrth i mi barhau i chwarae â'i nerfau… ond penderfynais mai dim ond profi ei bwynt fyddai hynny… 'mod i'n 'hen hogyn plentynnaidd' ar y naw.

Roedd yr un hen firi i'w deimlo wrth i ni droi mewn i'r farchnad. Brefiadau'r ŵyn yn diasbedain drwy'r awyr, clencian trelars a giatiau metal, dynion yn eu dillad bob dydd gorau yn pwyso ar y giatiau hynny, yn siarad gyda hwn a'r llall a phawb a welent. Trodd fy llygaid yn reddfol i gyfeiriad y rhan o'r mart lle'r eisteddai dwsinau wrth fyrddau, a danteithion o bob math o'u blaenau, a daeth hiraeth mawr drostaf mwyaf sydyn, am frechdan bacwn Mam. Fel arfer, roedd fy nhad wedi codi'n rhy fore i gael ei dwyllo ac fe'm llusgwyd i gyfeiriad y prif gylch i gyfeiliant y geiriau 'O nag wyt, 'ngwashi!'

Wedi penderfynu trio anghofio am y stumog wag, sefais ynghanol y dorf oedd wedi ymgynnull ar gyfer arwerthiant cynta'r dydd. Edrychais o 'nghwmpas; er bod bron i naw deg y cant o'r wynebau yn rhai cyfarwydd, teimlwn fel pysgodyn allan o ddŵr. Roeddwn i bellach wedi hen basio'r oedran lle y gallwn i gerdded fel cynffon fy nhad a'i glywed yn fy mrolio i bob Tom, Dic a Hari a ddigwyddai sgwrsio gyda nhw. Sut y des i yn gyntaf am ddangos oen mewn rhyw sioe fach neu'r llall, neu ennill am adrodd yn Steddfod Cylch yr Urdd, ac yna punt am wenu yno fel giât. Doedd ganddo fawr o ddim i 'mrolio i yn ei gylch bellach. Doeddwn i'n gwneud fawr ddim i'w wneud yn falch, dim ond dod adre'n feddw gaib a chodi'n hwyr, a doedd ganddo fawr o awydd rhannu hynny gyda neb.

'Sut mae'n edrych heddiw, Dad?' holais ymhen rhyw ychydig.

'Prisiau arbennig, bechod mai prynu ydan ni. Mae gen i 'mryd ar y gorlan bella 'cw, mi fydd ŵyn Pen-y-cae yn dod adre'n fy nhrelar i heno petai hynny'r peth dwytha wna i!' Doedd dim newid meddwl hwn, styfnig fel mul. Ar draws yr ocsiwn, gwelais Huw Tan-yr-allt yn codi llaw arnaf. Igam-ogamais drwy'r dorf tuag ato, a setlo am sgwrs dda. Wedi i ni ddadansoddi pob dafad a phob prynwr oedd yno, dychwelais yn ôl i'r cyfeiriad roedd fy nhad wedi bod gwta hanner awr ynghynt. Stopiais yn stond wrth i sibrydion o gornel bell ddenu fy sylw.

'Wir i ti, Wil, dwi'n deud y gwir!'

'John bach, sut allai fod yn wir? Mae'r peth yn anghredadwy!'

'Wir Dduw, Wil, dyna ydy'r si, roedd Aled y milfeddyg yno bnawn ddoe. Mi welodd Gwen 'cw ei wraig o wrth nôl y plant o'r ysgol.'

'Mi wŷr pawb mai un dda am ledaenu straeon ydy gwraig y milfeddyg 'na, fyddwn i'm yn ymddiried ynddi yn bellach na allwn i ei thaflu hi!'

'Creda di fel wyt ti isio, Wil bach, ond mae'r si'n dal ar led. Clwy traed a'r genau yn y plwyf.'

'Druan ag Aeron Pen-y-cae. Fo sy'n berchen ar stoc gorau'r fro...'

Be gebyst oedd o'n ei wneud yn gwerthu ŵyn yn y farchnad heddiw, 'ta?

* * *

Mis yn ddiweddarach

'Ifan! Wyt ti wedi codi byth?' Roedd o fel tiwn gron. Doedd dim rhaid iddo rencian, roeddwn i wedi codi heddiw. Wrth y ffenest oeddwn i eto, yn syllu i'r gorwel, gan weddïo y byddai'n fy llyncu i'n un darn. Bron na fedrwn arogli'r mwg yn barod. Bron nad oedd wedi treiddio i mewn i'r tir ac yn bygwth ein ffroenau cyn bod un fflam wedi ei chynnau o gwbl. Ond does dim mwg heb dân, nagoes? Pam gebyst na fyddai o wedi sylweddoli hynny?

Styriais a ddylwn i fynd i lawr mewn siwt angladd, roedd overalls i weld yn rhy ddi-urddas. Styriais i beidio mynd i lawr o gwbl. Pwy fyddai wir yn sylwi pe bawn i'n cuddio yma a gwylio'r deyrnas yn llosgi o bell? Yr *overalls* aeth â hi. Y rheiny a gwroldeb na wyddwn oedd yn perthyn i mi o gwbl.

Roedd y gwaddol i'w deimlo eisoes, ym mhob rhan o'r fferm. Hyd yn oed yng nghysur diogelwch y tŷ, roedd tensiwn yn bresennol; doedd rhywbeth ddim yn iawn. Eto, yr un oedd yr olygfa â phob bore arall. Mam wrthi'n ffysian gyda'r popty, yn cymryd arni y gallai reoli tymer pawb am y dydd drwy roi bwyd yn eu boliau ben bore. Paned hanner llawn o de oedd wedi bod yn eistedd yn segur ers i un dyn gamfarnu faint o amser oedd llowcio te chwilboeth yn ei gymryd. Doedd y dyn hwnnw ddim i'w weld yn unman.

'Lle mae o?' holais Mam wrth i mi eistedd wrth y bwrdd a'i gwylio'n rhoi'r brecwast ar fy mhlât.

'Allan ers oriau, mae'r holl beth wedi deud yn arw arno fo, arnon ni i gyd, a deud y gwir.' Suddodd i'r gadair gyferbyn â f'un i.

Peth ofnadwy ydy gweld eich mam yn crio.

Ceisiais ei chysuro gyda brawddegau dibwrpas fel 'Duw, mi ddown ni drwyddi rhywsut, 'sti'. Ond os oedd Mam wedi colli pob ffydd, yna doedd dim llygedyn o obaith o gwbl.

Roedd yr awel yn fain, beth bynnag. Byddai wedi bod yn annioddefol pe bai'r tymheredd yn uchel. Croesais y buarth fel y gwnes i ganwaith o'r blaen ac agor drws y sied ddefaid. Gwyddwn mai dyna lle fyddai o. Syllai ar ei braidd fel athro'n syllu ar ddosbarth o'i ddisgyblion. Gwaith ei oes, a gwaith ei dad, a'i dad yntau ynghynt. Gwaith saith cenhedlaeth o deulu Tyddyn Du. Erbyn diwedd y dydd, byddai'r holl dystiolaeth wedi diflannu.

Es i sefyll wrth ei ochr a chladdu fy nwylo i 'mhocedi. Syllais ar y ddiadell, yna yn ôl ar wyneb fy nhad. Gwelais beth roedd o'n ei weld. Teimlais yn fy nghalon yr hyn roedd o'n ei deimlo. Yn y foment honno, teimlais gariad tuag at amaethyddiaeth, cariad mor gryf y credwn yn sicr y byddwn yn saethu fy hun er mwyn arbed yr anifeiliaid 'ma. Ond roedd hi'n rhy hwyr. Roeddwn i wedi darganfod fy angerdd ar ddiwedd y bennod, yn hytrach nag yn ei chanol hi.

'Mi werthwn ni'r tir. Mae 'na ddigon o alw am aceri o gaeau o ansawdd da ar gyfer bythynnod gwyliau a ballu. Lot o bres i gael hefyd. Mi gadwn ni'r adeiladau, felly wnaiff dy fam a mi ddim symud. Mi fydd hi i fyny i ti be wnei di ar ôl i ni fynd. Paid â theimlo dim teyrngarwch i aros yma, fi wnaeth y llanast, felly paid â gadael iddo dy ddal di'n ôl rhag byw dy fywyd.' Diflannodd yn ôl i gyfeiriad y drws, ond nid cyn i mi sylwi ar y deigryn oedd yn cronni'n slei yn ei lygad.

Teimlai fel 'mod i wedi sefyll yn y sied 'na am oriau, ond ymhen hir a hwyr, teimlais fraich Mam ar fy ysgwydd. 'Ifan, maen nhw wedi cyrraedd.'

Anghofia i fyth mo'r oriau hynny. Y rhain fydd yn lliwio fy hunllefau am flynyddoedd i ddod. Ffarwelio am y tro olaf gyda rhai oedd yn teimlo fel cyfeillion. Roedd hon gymaint eu fferm nhw ag oedd hi'n un ni. Pam mai nhw oedd yn gorfod talu'r pris? Y difa erchyll, miloedd o stoc yn gelain. Lladdfa. Y dynion didrugaredd yn gweld bai, pwyntio bys. Doedd heddiw'n ddim ond diwrnod arall o waith iddyn nhw. Bydden nhw'n mynd adref heno i'w cartrefi clyd heb feddwl dwywaith amdanom ni. A chael eu talu am y fraint. Y fraint o ddifa etifeddiaeth.

Y llosgi oedd waethaf. Gwylio'r tir euraid fu'n gartref i'r stoc, yn fwyd ac yn faeth iddynt am flynyddoedd, bellach yn fynwent iddynt, yn gwegian dan wres y goelcerth ddychrynllyd. Chwyrlïodd y mwg yn y gwynt nes cyrraedd pob fferm gyfagos a chymell pob Mrs Jones a Mrs Roberts i edrych drwy'u ffenestri'n fusneslyd. Pob ffermwr yn gwylio'r fflamau ac yn diolch i Dduw nad eu gwaith nhw oedd yn llosgi'n lludw. Oedd, roedd difa anifeiliaid, ond yma hefyd roedd difa ewyllys da.

Gwyliais o'r ffridd uchaf, gwylio a chwalu'n ddarnau mân.

10 mlynedd yn ddiweddarach

'Ianto! Wyt ti wedi codi byth?' Doedd rhai pethau byth yn newid. Syllais drwy'r ffenest, roedd yr haul ar ei orau bore 'ma yn Nhyddyn Du. Brasgamodd fy mab drwy'r drws ac eistedd yn bwdlyd wrth y bwrdd.

'Be sy 'rhen 'ogyn?' holais wrth i 'nghalon dorri o weld fy mab direidus mor ddi-hwyl.

'Alla i ddim mynd i'r ysgol heddiw. Beth os daw oen bach?' datganodd mewn modd cwbl o ddifrif.

'Ianto bach, os feddyli di fel yna, efallai na ei di i'r ysgol am ddyddiau. Mi allwn ni fod yn aros am dipyn, 'sti.' Ceisiodd fy ngwraig ei gysuro. Pan drodd ei sylw at ryw waith, sibrydais wrtho:

'Dwi'n addo os daw dafad ag oen, y dof i dy nôl di'n syth,' gan daflu winc fach slei arno. Goleuodd ei wyneb bach fel petai'r byd newydd gael ei addo iddo. Fy ngwas i.

Ar hynny, agorodd y drws a brasgamodd fy nhad i mewn yn frysiog, gwên cystal â gwên Ianto ar ei wyneb.

'Ianto, tyrd, tyrd efo mi i'r sied!' Cyn cael cyfle i siarsio dim, roedd Ianto drwy'r drws ac yn dilyn ei daid fel petai'n dilyn Duw.

Daeth hi'n amlwg fod breuddwyd fy mab wedi'i gwireddu. Yno, yn wellt drostynt ac yn dynn yng nghwt eu mam roedd tri oen bach perffaith. Edrychais ar fy nhad, ei ddotio cymaint os nad yn fwy na dotio fy mab pedair oed. Mi daerwn fod deigryn yn cronni yn ei lygad. Codais Ianto at yr oen bach iddo gael ei fwytho, a gwylio'n llawn balchder.

'Diolch, Ifan.'

Synnais wrth glywed y geiriau'n dod o geg fy nhad.

'Am be, dwed?' Edrychodd o amgylch y sied ar y corlannau llawn o ddefaid oedd ar fin esgor ar ŵyn, yna yn ôl ar ei ŵyr a'r oen cyntaf.

'Am hyn i gyd. Am aros pan nad oedd raid i ti, am weithio i ailadeiladu'r lle 'ma.'

'Siŵr Dduw fod rhaid i mi. Mae o yn fy ngwaed i, tydi, mond fod o wedi cymryd amser i mi sylweddoli hynny. Mae o yng ngwaed Ianto hefyd.'

'Dewis ydy o, cofia ddysgu hynny i'r hogyn 'ma.'

Gwyliais Ianto'n ceisio cofleidio'r oen bach.

'Dwi'n amau'n fawr y bydd rhaid i mi wneud hynny.'

'Mi ddaw trafferthion eto, ond wnei di byth ddifaru, wsti.'

'Wyddost ti be? Dydw i ddim yn meddwl y gwna i.'

Roedd y wên ar wyneb Ianto bach wrth iddo wylio'r oen yn ceisio sugno'i fys yn selio fy mhenderfyniad.

Yma oedd adre, ac yma fyddai adre.

Bywgraffiadau

Mae **Mared Fflur Jones** yn dod yn wreiddiol o Ddolgellau. Mae'n 25 oed ac wedi bod yn aelod o'r Ffermwyr Ifanc ers pan oedd yn ddeuddeg oed. Arferai fod yn aelod o Glwb Ffermwyr Ifanc Dinas Mawddwy, Meirionnydd, ond mae hi bellach yn aelod o Glwb Rhos-y-bol, Ynys Môn. Mae'n gweithio fel athrawes Gymraeg ac yn mwynhau darllen, ysgrifennu'n greadigol a chwarae rygbi i dîm merched Caernarfon.

Daw **Naomi Seren** yn wreiddiol o Efail-wen ac roedd yn aelod o Glwb Ffermwyr Ifanc Llys-y-frân, Sir Benfro, ond bellach mae'n byw ym Mhontsiân ac yn aelod o Glwb Pontsiân. Mae'n Gyd-bennaeth Cyfadran y Gymraeg yn Ysgol Bro Teifi, ac wrth ei bodd yng nghwmni pobl ifanc bendigedig ardal Llandysul. Pan nad yw hi yn y gwaith, mae'n dwlu treulio amser gyda'i theulu, ysgrifennu, coginio, a mynd am dro gyda Magw ac Essi, ei daeargwn Cymreig.

Un o Bentrellyncymer ger Cerrigydrudion yw **Llywela Edwards**. Mae'n aelod o Glwb Ffermwyr Ifanc Uwchaled ers deuddeg mlynedd. Ers graddio yn y Gyfraith o Brifysgol Caerdydd, mae'n gweithio i Gomisiynydd y Gymraeg. Mae'n chwarae pêl-droed i Glwb y Felinheli, yn hoff iawn o bysgota a chwarae gitâr i'r grŵp Ta-waeth.

Mae **Alaw Fflur Jones** yn aelod o Glwb Ffermwyr Ifanc Felin-fach, Ceredigion. Ymysg ei diddordebau mae darllen a chymdeithasu, ond mae hi hapusaf pan mae'n cael cyfle i sgwennu a hynny gyda phaned yn ei llaw. Fe raddiodd mewn Cymraeg a Newyddiaduraeth o Brifysgol Caerdydd ac mae hi bellach yn teithio yn Awstralia. Hi enillodd Tlws yr Ifanc, Eisteddfod Genedlaethol Rhondda Cynon Taf 2024.

Merch o Drawsfynydd yw **Elain Iorwerth** ac mae'n astudio Troseddeg ym Mhrifysgol Bangor ar hyn o bryd. Bu'n aelod o Clwb Ffermwyr Ifanc Prysor ac Eden ers bron i ddeg mlynedd ac mae'n cael cyfle drwy'r clwb i gymryd rhan mewn gweithgareddau cerddorol a chreadigol drwy sgwennu a pherfformio.

Mae **Rhodri Jones** yn byw yn Rhos-fawr. Mae'n aelod o Glwb Ffermwyr Ifanc Godre'r Eifl, Eryri ac wedi mwynhau pob profiad mae'r mudiad wedi ei gynnig iddo. Mae'n gweithio fel Swyddog Gwasanaethau Democratiaeth yng Nghyngor Gwynedd, ond y tu hwnt i oriau gwaith mae'n mwynhau crwydro llwybrau Pen Llŷn ac Eryri gyda Terry'r ci, ffotograffiaeth a cherddoriaeth.

Daw **Hawys Grug Owen-Casey** o Henllan, Sir Ddinbych ac mae'n aelod o Glwb Ffermwyr Ifanc Nantglyn. Mae'n bymtheg oed ac yn astudio Cerdd, Hanes a Drama fel pynciau TGAU. Mae'n hoff iawn o gystadlu mewn eisteddfodau mawr a bach. Mae hi hefyd wrth ei bodd yn sgio yn yr Alpau.

Mae **Elen Hannah Davies** yn dod o Bencader yn wreiddiol ond bellach yn byw yn Rhydargaeau, Sir Gâr. Mae'n aelod o Glwb Ffermwyr Ifanc Pontsiân, Ceredigion. Mae'n gweithio fel un o ohebwyr y gorllewin i BBC Cymru. Mae'n cael ei phen-blwydd ar ddydd Calan! Dechrau da i'r flwyddyn, bob blwyddyn!

Bachgen o Felin-fach, Dyffryn Aeron yw **Siôn Wyn**. Mae'n ugain oed ac ar ei flwyddyn olaf yn astudio Cymraeg a Newyddiaduriaeth ym Mhrifysgol Caerdydd. Mae'n aelod o Glwb Felin-fach ers ei fod yn ddeg oed. Ei ddiddordebau yw cymdeithasu, bwyta mas a mynd am dro.

Mae **Elin Williams** yn ddeunaw oed ac yn dod o Fetws Gwerful Goch. Mae'n aelod o Glwb Ffermwyr Ifanc Uwchaled, ac yn astudio y Gymraeg a'r Gyfraith ym Mhrifysgol Aberystwyth. Hi enillodd y Fedal Ddrama yn Eisteddfod yr Urdd 2025.

Elin Mair Roberts, artist a darlunydd o ardal Pen Llŷn sy'n gyfrifol am glawr y gyfrol. Mae'n 24 oed ac yn aelod brwd o Glwb Ffermwyr ifanc Godre'r Eifl, Eryri, ac yn mwynhau defnyddio ei chreadigrwydd yn ystod digwyddiadau'r clwb. Mae'n defnyddio lliwiau cryf a phatrymau yn ei gwaith, ac mae hi'n hynod ddiolchgar am y cyfle o gael creu'r darlun ar gyfer clawr y llyfr hwn.